失眠藥廣播劇宇宙設定集

山海之間

Oscar 李文曦——作品

enlighten & fish 亮光文化

因為從小到大都很容易失眠,所以我有個奇怪的習慣。每晚睡覺前,我都會幻想不同故事哄自己睡。我利用漫畫一般的故事去阻止自己胡思亂想真實生活的一切,控制好睡前的情緒氾濫,然後慢慢入睡。

不知道哪個是原因、哪個是結果,總之自從小學開始有這個習慣後,我就知道自己很喜歡創作故事。睡醒過後,我有時會把特別喜歡的故事寫出來,畫下來,一寫一畫就十幾年,惹笑的是十幾年間我好像從來沒有完成過一個完整的長篇故事,很多時都是開了個頭,設定了世界觀就算。當然有時也會完成一些小短篇,但真正展開漫長的故事創作之路,就是當寫作成為了我工作的時候。

人們常常說,當興趣變成工作,就只餘下工作,興趣就會消失了,但我又不覺得是這麼一回事。辛苦是辛苦,有時也會有拖延症又突然不想寫,但總體

來說我仍然是很喜歡寫故事,仍然是很喜歡把故事變成我的廣播劇,讓自己喜歡的人們把角色演繹出來。畢竟每個角色,都有身邊的人做藍本。幾年間我一寫就寫了幾百集屬於不同故事的廣播劇,創造了幾十個角色,我自己也有點始料不及;一路寫又一路把故事串連在一起,慢慢居然建構了自己、演員們以及聽眾們的一個小小廣播劇宇宙。

真的非常感謝這幾年聽眾們的啟發、支持與喜歡,與我的公司、出版社以及所有參演的演員,讓我有機會推出這一本如同日本漫畫做法,我夢寐以求非常想推出的角色設定集。這部設定集記錄了這幾年間的廣播劇故事,包括大故事的設定、不同角色的小故事、關係與後續發展。整個故事的大脈絡現在在電台大概發展到 50-60%,而這本書記錄了整個大故事的前半部分,囊括了《Last Seen!》第一至七季、《歡迎光臨失眠鎮》第一至五季、《Flip and Flop》、《大氣以上　話語以下》、《萬物醫》以及《GOD KNOWS?》的內容。至於《歌瑪園 93 號》以及打後的其他故事發展,希望再有機會推出另一本設定集與大家一起回味。

現在,請大家翻閱這本全彩色的作品,閱讀和細味當中你所喜歡的角色的一個個小世界吧!

CONTENTS

第二階段──第一身文字記錄

Part 4 |

劇情附錄

Part 5 |

插圖集

Part 6 |

同人作品集

各廣播劇

Part 1

介紹

1 / Last Seen!

（一至七季，連載中）

設計師余海無故猝死後，連同手上的智能電話抵達陰間。他發現唯一的通訊軟件中只有一個早已沉底的大學宿友群組可用，於是與幾名久違的宿舍朋友——張日寬、馬利欣、楊嘉兒重新展開對話，及後劉子源與陸月盈亦成功加入群組。隨著四個人兩隻鬼一隻小妖烏狐每天互動，大家的友情與愛情重新建立，在互相支持、陪伴、一起成長之間，眾人亦一直嘗試拆解這個猝死與智能電話之謎。

劇情用詞指南

1/ 紫色沙漠

每個人死後通往陰間不同部落的道路。後於《歌瑪園 93 號》再被提及。

2/ 陰間部落

因應在生時候的生命軌跡與性格，人死後會在紫色沙漠自然行走到相應的部落。部落數目數之不盡，各由不同神明領導，包括耶穌、惠比壽、象神等不同宗教的知名神明。

3/ 月夜見尊

余海抵達的部落之神。聞說寂寞、孤獨的平凡人，非大善大惡者，死後很有可能抵達這個部落。

4/ 神秘石頭

余海與陸月盈死後，朋友們在他們的遺物中發現神秘石頭，並引發出一些奇怪事情，例如黑化烏狐事件。楊嘉兒曾經把石頭拿去給神秘線人江可研究，無功而還；後來劉子源透過探員 U 查探，卻發現了一些端倪。

5/ 妖魔鬼怪

妖—動物死後之靈

魔—陰間能量衍生的原生物

鬼—人類死後之靈

怪—死物吸收人類動物或日月星辰之能量幻化的生物

6/ 人間偵測時間

烏狐與另一大妖怪迷狐大師無聊的時候，會用陰間電視機了解人類世界的情況，衍生出不同類型《失眠藥》節目與聽眾互動的環節。

2 / 歡迎光臨失眠鎮

（一至五季，連載中）

飽受失眠問題困擾的潦倒作家莫言憂，一天忽然獲得通往異世界失眠鎮邏各斯的鎖匙，成為了夜間遊牧人。

在這個異世界，他遇到了雪兒、白仔及大量古靈精怪的鎮民，每個晚上與他們相處成為了他生活的動力。雖然偶然遇上世界重置、魔法大戰或穿梭歷史等等雞毛蒜皮（？）的小事，但在瘋狂惹笑的冒險之間，他也獲得了大量哲學思想啟發以及瑣碎無謂的快樂。

劇情用詞指南

1/ 夜間遊牧人

因累積過度失眠債而打開異世界之門，通往失眠鎮邏各斯的非該世界原住民的統稱。

2/ 邏各斯

因失眠的力量而被開拓的異世界的名字，源自LOGOS 一字。根據研究，不同的力量會開拓不同的異世界，例如屬於慾望的異世界就叫做迪西亞。

3/ 枕頭樹汁

夜間遊牧人離開失眠鎮之前必須飲用的飲品，用以提防意識混淆，分不開現實世界與異世界。

4/ 星星奶

鎮民白仔經營的「流星堂星星奶專賣店」招牌飲品，聞說是來自星星的果汁。

5/ 凹凸凹凸廣場

失眠鎮邐各斯的核心位置，市民常常於這裡插科打諢。因有大量奇異生物凹凸凹凸居住而得此名。

6/ 不升不降機

通往失眠鎮邐各斯的升降機。

7/ 冬甩紀

失眠鎮邐各斯會定時定候重置，每個紀元有不同名字。當刻這個紀元就叫做冬甩紀。

8/ 煩惱相談所

莫言憂於現實世界被迫錄製的電台節目，不定時於節目《失眠藥》中播放，以極負面的意見及浪費時間（不）深得聽眾喜愛。

FLIP & FLOP

3 / Flip and Flop

　　一個人生教練，一個靈性大師，一個當紅歌手，再發光發亮，都不過自覺一敗塗地、難免遇上生離死別、不斷喪失自由……三人在蜘蛛網中糾纏不斷，由會說話的「想法」先生牽引，在某個初夏相遇，決定組成限定音樂單位 Flip and Flop，一起在音樂中尋找答案。

　　人是在 flip 與 flop 兩個動作之間掙扎求存的生物。遇到危機或者轉機，我們急速翻身去避開抑或迎接；忽然免不了下沉，就感覺笨重痛苦，在被淹沒之際，一刻又或者可以輕盈翻身。

　　來來回回，其實人生也不過是穿著一對人字拖行走，一路走一路走，大家的腳趾都會痛，卻沒人知道你的痛去到什麼程度；但是低頭一看，flip flop 就是有自己的好，至少，你可以選擇慢慢走，腳步輕盈，自由自在，沒有襪子又沒有鞋頭。

劇情用詞指南

1/ 想法

無氣味、聲音、形狀，可穿梭於時間空間，虛無縹緲且數量無限，不專屬於一個人，是集體的一部分，卻可以以坐在想法王座的形式暫時霸佔一個人的腦袋。似乎是廣播劇的旁白角色，但卻有自身意志。似乎與上帝碎屑種植計劃及《歌瑪園 93 號》中的看護有關係。

2/ 行路難

Flip and Flop 樂隊創作的第一首歌曲。不同廣播劇中有很多角色也不約而同地非常喜歡這作品。

4 / 大氣以上 話語以下

　　輕鬆安逸、喜歡幻想的中學生楊見聰自小不擅辭令不好表達，因此常常被人誤會他是個憂鬱冷漠的人。與他一起長大的袁展球是他唯一的朋友，其性格則恰恰相反，滿嘴廢話大情大性，內心卻總是因其肥胖身形非常自卑。

　　中五這一年，適逢校園電台剛剛開始運作，袁展球找來楊見聰、徐一明幫忙，決定利用大氣電波向他暗戀多年、嚴肅認真的學生會會長姚詠藍表白，卻失敗收場。異常熱血、一向喜歡聲音表演的同班同學梁芳橋聽到袁展球的表白劇場，熱烈邀請負責編劇的楊見聰參與只有她一人的校園電台學會。袁展球亦同時參與，藉著這機會拉近與姚詠藍的距離。這學會令楊見聰發現了表達自己的最佳方法——廣播劇。

　　幾人慢慢開始熟絡，為了令校園電台的一個個劇場大受歡迎，他們展開了一場屬於大氣與話語的快樂碰撞。

劇情用詞指南

1/ 聖邏各斯紀念中學

貌似一所普通中學，但似乎校長有著不可告人的秘密。學校似乎與山海閣有密不可分的關係，學校的名字亦似乎與異世界有關係。

2/ 配樂研究小組

聖邏各斯紀念中學廣播劇社成員組成的研究小組，專研究廣播劇的配樂，此環節於節目《失眠藥》內短暫播放。

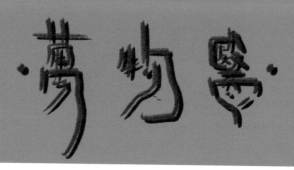

5 / 萬物醫

　　父親死後，正式成為萬物醫的任可哲與其青梅竹馬江可聯手，向山海閣尋求協助，從《山海經》的奇珍百獸身上提煉藥物，趕走由心而生於死物的異常病毒，卻掀起一場關於找回自我與死亡的大風波。

劇情用詞指南

1/ 山海閣

　　串連一眾廣播劇的核心神秘組織，似乎與異世界、陰間、神佛宗教以及不同角色的生死也有密不可分的關係。

2/ 萬物醫

　　專門醫治死物的特別能力醫生。是山海閣的合作夥伴之一，但對該組織背後的運作並不了解。

3/ 付喪神

　　物件吸收日月精華和人的意志形成的半生命體，他們存在於陰與陽、有與無之間，在生死的隙縫之間，無法前往陰間，也無法被陽間接納。

GOD KNOWS?

6 / GOD KNOWS?

　　平凡至極的聖邏各斯紀念中學 6C 班來了一名叫高泳行的插班生。正在拍攝畢業記錄片的熱心學生陳學彤在與高泳行相處的過程中，發現其身世及其能力非常詭異，於是暗中聯合兩名 6C 班主任進行調查。

　　在本身很普通的日子裡，兩位行事理念及風格迥異的班主任莊幾何及葉信言相安無事地合作；但當調查一展開，越來越多超出常態的小事發生，二人關於科學與信仰的價值觀碰撞亦逐漸增加。在一路揭露真相的相處過程間，兩位老師展開了一場關於生命真理而永遠沒有答案的思辯；但在學生的層面，一切或許不過是一場關於友誼的小風波。

劇情用詞指南

1/ 上帝碎屑種植計劃

　　山海閣創造超能力者的計劃。計劃內容暫時不明，只知高泳行是計劃的一部分。

2/ 探員 U Channel

　　由山海閣逃走出來的探員 U 所主理的 YouTube Channel。不同廣播劇的角色均為此頻道的觀眾。

3/ 毋忘

　　山海閣提煉的藥物，可選擇性洗走人的記憶。

角色

Part 2

檔案

毫無主角光環的內疚病患型陰間設計師

余海

PROFILE

登場年齡
約 27 歲
別名
余海／阿海／Sea Yu
演員
Oscar

人物指數（5/5）
正向心態指數：1
社交能力指數：2
正義指數：4
情緒穩定指數：4
學術指數：3
思考力指數：4
體能指數：-1
藝術及創造力指數：4

想法王座上的人生金句（生前）
別人的事是別人的事，（儘量）絕對不關我事。

角色經歷重點事件

童年階段

事件	集數
小時候是中國舞隊成員（收在櫃桶底的照片被劉子源找到，再被張日寬、楊嘉兒、馬利欣和全個宿舍的人傳閱。）	S7E18

成長階段

事件	集數
中學被馬利欣強迫加入美術學會，擔任普通幹事。	
大學修讀設計，於宿舍與張日寬同房。	
曾與陸月盈拍拖兩星期	
曾與主角們一同觀賞流星雨，每人拾到一塊流星雨碎片。	
Year 1 萬聖節下午與張日寬在宿舍飯堂遇上楊嘉兒及馬利欣，四人一同參與萬聖節鬼屋活動，燒了一封暗號信給陰間的自己。	S1SP
Year 3 sem break 曾與其他人一起到長洲宿營，但晚上吃海鮮後獨自早走。	S2SP
在四人幫助下一同設計出「烏鴉合皮」交畢業功課，並經營以合皮介紹本地音樂的 Instagram 帳號及後不了了之。	S4SP

事件	集數
畢業後成為 freelance 設計師	
死前一刻手上拿著手機準備刪除「Last Seen!」四人 WhatsApp 群組	S3SPE3
和陸月盈同日差不多時間猝死	

死後階段

事件	集數
於陰間紫色沙漠遊蕩，手上出現生前的手機，但只能用以與主角們於 WhatsApp 群組錄音對話。	S1E2
到達月夜見尊部落成為神僕，因生前任職設計師，被月夜見尊任命為神具設計員，是第一個到達此部落的設計師。	S1E5,6
獲月夜見尊指派烏狐成為其直屬第一助手	S1E8
收到 Year 1 萬聖節活動時燒給自己的暗號信，所以喝下觀照湖水重播當日回憶。	S1SP
參與百鬼夜行，被指派為道具設計統籌，在遠處看到陸月盈，但沒有打招呼。	S1E12, S2E1
獲烏狐送上「模擬過去生成裝置」，親身重溫大學時的長洲宿營回憶，但因誤用高級完成版，令陽間四人在現實世界性格互換，最後需於限時內找出模擬情境偏差，解決問題。	S2SP
在部落完成一百幅壁畫後，獲獎勵一個月假期去旅行，與烏狐遊覽了繆斯女神部落、祿神部落、象神部落、夢貘部落。	S3
死忌（Last Seen! 一周年）	S3E11

事件	集數
在月夜見尊協助下，獲夢貘獎勵吃下夢蟲朱古力，於共感夢與四人相見。	S3SP
編纂《月夜見尊部落魔怪大圖鑑》	S4
為無名火做妖魔怪登記時遇上烏鴉合皮，並完成合皮想好好道別的心願。	S4SP
獲月夜見尊給予於陰間擔任永久官職的機會，開始參加陰間官職申請課程。	S5E1
被發現遺物中有奇怪石頭	S5E3
進入禁區用千世書查看眾人前世今生，一時口快告訴楊嘉兒她的前世名字，令她陷入兩星期腦部混亂瘋癲狀態。	S6E8-11
手機收到奇怪訊號及啟動定位服務	S6SPE2
手機通訊錄出現陸月盈的電話號碼	S7E1

馬利欣

PROFILE

登場年齡
約 27 歲
別名
Maryann ╱ Lulu
演員
Yanny 陳穎欣

人物指數（5/5）
正向心態指數：3
社交能力指數：5
正義指數：3
情緒穩定指數：3
學術指數：3
思考力指數：3
體能指數：1
藝術及創造力指數：4

想法王座上的人生金句
人生，就是要證明自己是一個不止是花瓶的超級
大花瓶！

角色經歷重點事件

童年階段

事件	集數
於單親家庭長大	
小學、中學時英文名叫 Lulu	S6SP

成長階段

事件	集數
中學任職美術學會主席,因而認識擔任幹事的余海。	
與余海入讀同一間大學,就讀時裝及紡織學系。	
在宿舍中認識了同房室友楊嘉兒	
Year 1 萬聖節活動中認識了與余海同房的張日寬,聯同楊嘉兒四人成為好友。	S1SP
就讀大學時與劉子源交往,後來分手。	S1E6

成人階段

事件	集數
畢業後成為美妝 YouTuber / KOL	S1E1
有唱片公司想與其簽約成為歌手,但馬利欣拒絕。	S1E4
在余海的喪禮上與劉子源重遇	S1E6

事件	集數
被楊嘉兒發現她和劉子源喝咖啡，疑似舊情復熾。	S1E7 （提及）
與劉子源復合	S2E1
決定於媽媽退休後接管本來經營花店的舖位，和張日寬、楊嘉兒、劉子源四人共同經營 Last Seen! Cafe。	S2E10
因余海使用「模擬過去生成裝置」時出錯，導致和張日寬互換身分性格。	S2SP
因養寵物事宜與劉子源吵架	S3E7
與張日寬、楊嘉兒、劉子源在余海的共感夢中與他重遇	S3SP
在電影《手卷壽司》試鏡被選中，正式成為電影演員，飾演第一女配角。	S4E1
因劉子源被公司派到倫敦出差半年，開始遠距離戀愛關係。	S4E4
因為楊嘉兒和張日寬之間的感情事與劉子源吵架，二人開始冷戰。	S4E9
與劉子源再度分手	S4E13
Last Seen! Cafe 正式開張	S5E6
把 Last Seen! Cafe 員工全部辭退	S5E7
發現自己在《手卷壽司》中的戲分被全部刪走，其他人幫她在網上討論區揭發導演和第二女配角之間的黑暗瓜葛。	S5E14
簽約新經理人公司	S6E1
開始與當紅歌手 Orange 秘密交往	S6E4,5
參演電影《新絮宮女》並出席巴塞隆拿電影節	S7E12

張日寬

PROFILE

登場年齡
約 27 歲
別名
Sunny ／寬仔／口水佬／
垃圾佬／阿寬哥／張 sir
演員
Anson Kong

想法王座上的人生金句
風花雪月不肯等人 要獻便獻吻！

人物指數（5/5）
正向心態指數：5
社交能力指數：4
正義指數：5
情緒穩定指數：4
學術指數：1
思考力指數：2
體能指數：5
藝術及創造力指數：3

角色經歷重點事件

成長階段

事件	集數
大學修讀體育系,宿舍與余海同房。	
大學考試不合格	S1E2
因為在吹熄蠟燭後臉頰紅了,被楊嘉兒關心,在那一刻開始喜歡上楊嘉兒。	S1 前傳劇場版 E2

成人階段

事件	集數
用 Zoom 上課時不小心吐出四字真言粗口,導致要寫悔過書並向學生家長道歉。	S1E4,7
與同校老師女友 Eugenia 分手	S1E10
得到「我最喜愛男老師」冠軍	S2E3
和馬利欣、楊嘉兒、劉子源決定共同經營 Last Seen! Cafe	S2E10
被發現與楊嘉兒兩人到戲院看《天能》	S2E12
向楊嘉兒表白被拒絕,張日寬表示會順其自然。	S2E13, S3E1
因余海使用「模擬過去生成裝置」時出錯,導致和馬利欣互換身分性格。	S2SP
Last Seen! Cafe 第一次開會,張日寬負責入貨、買工具,並提議店舖以陰間做主題。	S3E1

事件	集數
不小心於社交媒體接受了家長的交友邀請，被發現大學時的反串派對照片，當時的主題是水手服。此事發生後，雖然未被家長投訴，但相片被廣傳，導致學生們都叫他 Miss Cheung。	S3E10
升職為輔導組主任	S4E7
知道楊嘉兒和醫生 Alex 拍拖後，重新探問楊嘉兒對自己的感情，質問她是否覺得自己連被拒絕都不配，並表示希望為楊嘉兒改變。	S4E9
決定為自己改變，想戒掉壞習慣，報讀語文課程增值自己，並準備考車。	S4E10
楊嘉兒向張日寬表白	S4E10
正式與楊嘉兒拍拖，並稱這戀情為張楊戀。	S4E12
發現余海遺物中的奇異石頭	S5E2
發生了校長光頭 lockscreen 事件	S6E3
得知自己的其中一生前世是楊嘉兒的婢女	S6E10
準備向楊嘉兒求婚	S6E12
被楊嘉兒以沉默回應拒絕其求婚	S6E13
把陸月盈加進 WhatsApp 群組	S7E2
於台上表演《Boss》時想扮跌倒，結果真的跌斷了手。	S7E5

由貧苦成長經歷煉成，好勝認真也時而溫柔的事業型女性

PROFILE

登場年齡
約 27 歲
別名
Bianca ／嘉兒／楊小姐
演員
Jace Chan

人物指數（5/5）
正向心態指數：3
社交能力指數：3
正義指數：5
情緒穩定指數：3
學術指數：5
思考力指數：4
體能指數：2
藝術及創造力指數：1

想法王座上的人生金句
一就不做，一做就要認真做到完美為止。

角色經歷重點事件

童年階段

事件	集數
與婆婆及弟弟楊嘉俊同住	

成長階段

事件	集數
大學主修新聞傳播,在宿舍與馬利欣同房。	
大學時期曾與教授文國森曖昧	S3 休季特別篇

成人階段

事件	集數
成為娛樂版總編輯	S1E1
從通靈人口中得知可接通靈界的物體、接通媒介及鬼魂的三角關係可能與「鬼同你 WhatsApp」事件有關	S1E4
轉職港聞版	S1E5
被點名於周年晚宴上和報館老總合唱	S1E11

事件	集數
向馬利欣及張日寬學唱歌後，與老總於周年晚宴上台合唱。	S2E1
和馬利欣、張日寬、劉子源決定共同經營 Last Seen! Cafe	S2E10
被發現與張日寬兩人到戲院看《天能》	S2E12
被張日寬表白	S2E13
因余海使用「模擬過去生成裝置」時出錯，導致和劉子源互換身分性格。	S2SP
婆婆跌倒入院	S3E1
為照顧婆婆，決定考保險牌幫補收入。	S3E2
在婆婆住院期間認識主診醫生 Alex 並短暫交往	S4E1
和 Alex 分手，並開始與張日寬交往。	S4E10, 11
從通靈人口中得知石頭乃非地球物質	S5E15
余海違反了千世殿「不可以將前世人名告訴該人的下世」的規則，誤將楊嘉兒上世名字 Isabella Castella 告訴了她，因而對她帶來腦部干擾，陷入兩星期混亂瘋癲狀態。	S6E10
拒絕張日寬求婚	S6E13
和通靈人失聯	S7E1
升職為副總編輯	S7E11
在 Last Seen! Cafe 接收陸月盈媽媽帶來的遺物，包括便利貼、照片、公仔、奇怪石頭。	S7E20

PROFILE

登場年齡
約 27 歲
別名
Johnson Lau ／子源
演員
洪嘉豪

人物指數（5/5）
正向心態指數：4
社交能力指數：4
正義指數：3
情緒穩定指數：4
學術指數：4
思考力指數：4
體能指數：3
藝術及創造力指數：2

想法王座上的人生金句
Money, honestly, actually, really, ultimately, can buy happiness, for sure, indeed.

角色經歷重點事件

童年階段

事件	集數
學琴考到演奏級，之後發現自己不應盲目滿足媽媽的期待，自此再沒有踏進過家中的鋼琴室。	S3E9

成長階段

事件	集數
大學時期主修經濟學，在宿舍中住在余海及張日寬的隔壁房。	
大學時和馬利欣拍拖，後來分手。	
和馬利欣分手 8 天後便轉而和金穎茹（綽號：小金魚）拍拖	S3E2
向余海提議幫「烏鴉合皮」開設 Instagram 並經營成一盤生意，並指父親想自己繼承家族生意但他不想。	S4SP2
大學時期稱號是「管理處情人」	S5E11
某天邀請宿舍眾人一起看流星雨，並每人拾走了一塊流星雨碎片。	S7E20
因為和馬利欣分過手，關係尷尬，所以畢業後沒有和大家保持聯絡，直到和馬利欣在余海喪禮重遇。	

成人階段

事件	集數
任職銀行經理	S1E6,7 （提及）
在余海的喪禮上與馬利欣重遇	S1E6
被楊嘉兒發現他和馬利欣喝咖啡，疑似舊情復熾。	S1E7 （提及）
和馬利欣復合，馬利欣覺得劉子源變得更成熟、穩重、細心，兩人在貝澳約會時由劉子源表白。	S2E1,2 （提及）
正式被加進 WhatsApp 群組	S2E7
和馬利欣、楊嘉兒、張日寬決定共同經營 Last Seen! Cafe	S2E10
因余海使用「模擬過去生成裝置」時出錯，導致和楊嘉兒互換身分性格。	S2SP
想領養寵物並由管家照顧，但劉子源想養狗，馬利欣想養貓，二人吵架。	S3E7,8
被公司派到英國公幹半年，因為獨自出發，又要隔離，有點緊張。	S4E1
因為楊嘉兒和張日寬之間的感情事與馬利欣吵架，二人開始冷戰。	S4E9
看到馬利欣的電影事業發展得十分順利，感到不安，向馬利欣提出分手。	S4E13
想改變生活，決定辭職回港，搞新興的 NFT 生意。	S5E8
得知馬利欣的電影戲分全被刪走後，著前公司的下屬幫忙轉發網上爆料帖文。	S5E14
決定自己搬出來住	S6E1
準備成立結合科技及藝術的公司	S6E2

事件	集數
從余海口中得知自己的前世身分，其中一世是士兵，另外一世是異國王子。	S6E9, 10
搬出來後與管家賦哥同住，賦哥形容劉子源為劉三歲，因為生活能力只有三歲。	S6SP 莊臣外傳
宣佈和在健身室認識的瑜伽導師 Rose 拍拖	S7E1
在健身室認識了一位神秘學家（探員 U）	S7E1
Rose 看見他和舊同事的訊息後被惹怒，因而向大家求救。	S7E5
收到導演邀請飾演果汁仔仔廣告的男主角	S7E15
宣佈下年和 Rose 結婚移民，所以積極約大家聚會。	S7E18

PROFILE

登場年齡
約 27 歲（已歿數年）

別名
別名：牙June／地獄盈／
六月好有型

演員
Ivy 蘇雅琳

人物指數（5/5）

正向心態指數：2

社交能力指數：3

正義指數：4

情緒穩定指數：2

學術指數：3

思考力指數：4

體能指數：2

藝術及創造力指數：3

想法王座上的人生金句（生前）
船到橋頭自然直！（除非那艘船撞向冰山沉沒
了。）

角色經歷重點事件

童年階段

事件	集數
大學時期就讀護理	
大學時和余海拍拖數星期	S7E5 （提及）

成人階段

事件	集數
任職護士	S7E2 （提及）
和余海差不多時間猝死，被張日寬在新聞中發現。	S1E2

死後階段

事件	集數
被余海在百鬼夜行碰見，發現其比大學時頭髮短了點，老了一點。	S2E1
死後本身隸屬惠比壽神部落，但被時鼠騙走了十年時間，所以回到了十年前。	S7E3
電話號碼出現在余海電話通訊錄	S7E1
被張日寬加進 WhatsApp 群組，表示自己在十年前的月夜見尊部落，因為聽聞時鼠身處在此，所以來尋找牠。	S7E2,3
找到時鼠，但不小心放走了牠。	S7E9
提及自己之前拒絕惠比壽大人找她拍攝海報的邀請	S7E15
提及大學時六人一起看流星雨，並每人拾走了一塊掉落地上的流星雨碎片。	S7E20

烏狐

PROFILE

登場年齡
自稱超過 500 歲
別名
烏仔／野味
演員
神秘人

想法王座上的人生金句
想去玩～

人物指數（5/5）
正向心態指數：5
社交能力指數：4
正義指數：3
情緒穩定指數：0
學術指數：N/A
思考力指數：0
體能指數：2
藝術及創造力指數：1

角色經歷重點事件

事件	集數
被月夜見尊指派為余海直屬第一助手	S1E8
用月老法寶「戀人配對 I love you 即影即有系統（試用版）」為張日寬和前女友 Eugenia、馬利欣和劉子源測試一生一世指數和合拍程度。	S1E10
參與百鬼夜行，和小妖朋友玩到失聲更險些走失。	S2E1
作為鬼節禮物向余海送上模擬過去生成裝置，但是誤贈高級完成版裝置，令陽間四人在現實世界性格互換。	S2SP
擅自使用手機而被余海責罵，傷心地出門後與彈彈娃玩了一整天而被誤以為走失。	S3E7
進行魔怪登記時中了大話蛙的法術，欺騙眾人余海失蹤。	S4E5
受余海遺物中的奇怪石頭影響至黑化暴走	S5E3
被余海派去龍神閣為活化計劃進行考察，認識窿龍成為朋友。	S6SP 烏狐外傳
戴上成熟小煲呔，短暫變得成熟。	S7 中期 特別篇 烏龍劇場
受陸月盈遺物中的流星雨碎片影響至黑化暴走	S7E20

莫言憂

能夠穿越異世界的厭世中二病固執作家男主角

PROFILE

登場年齡
約 26 歲
別名
傻仔莫言憂／阿憂
演員
Oscar

人物指數（5/5）
正向心態指數：0
社交能力指數：1
正義指數：4
情緒穩定指數：3
學術指數：4
思考力指數：5
體能指數：1
藝術及創造力指數：4

想法王座上的人生金句
痛苦是世界的真相，生存就是掙扎。

角色經歷重點事件

事件	集數
小時候曾經寫信給政府和天父爸爸要求人類應該冬眠，其他兒時志願為樓下保安、郵輪閒人、記者（後因覺得記者無法伸張正義所以放棄）。	
大學修讀文學	
因失眠債達標而合資格入境失眠鎮，凌晨三時工作後收到入境事務專員雪兒的發聲邀請信，以鎖匙打開睡房門後乘搭不升不降機到達邐各斯，成為夜間遊牧人。	S1E1
於邐各斯入境事務所受雪兒接待，第一次喝枕頭樹汁。	S1E1
被雪兒帶到星星奶專賣店流星堂認識白仔，第一次喝星星奶，並得知枕頭樹汁功用。	S1E2
跟蹤雪兒到邐各斯百科學院，發現她兼職教書，認識 007。	S1E5
於入境事務大樓遇上康志德，兩人聊天到五、六時。	S1E7
被帶去與白仔幫亮晶晶起屋	S1E8
被雪兒帶到邐各斯入境資料館了解鎮民出生方法，見證雪兒與白仔的家人結拜大會。	S1E9
受莉莉小姐所托，和雪兒、白仔到怪異博士研究中心進行臥底調查。	S1E10
重遇康志德和認識毛力持，受雪兒邀請一同到邐各斯百科學院上堂學白魔法祈禱學，成為進階夜間遊牧人。	S1E12

事件	集數
大嘴巴傳訊裝置於《跳彈床日報》主辦的捍衛母語活動日暫時關上，因而無法理解失眠鎮鎮民的語言。	S1E13
幫助雪兒於「星球草節呈獻：星球草微電影拍攝比賽」打敗毛力持	S1E16
連續一星期無法前往邏各斯，決定尋找解決方法。	S1E17
閱讀《大千世界奇聞錄》後以電郵約見古詩婷，達成合作協議。	S2E1
利用古詩婷的裝置進入慾望鎮迪西亞及快樂鎮沙樂比，遇見平行世界的兩個雪兒。	S2E2
與古詩婷成功到達處於世界重置真空期的邏各斯，遇見會說人類語言的變異凹凸凹凸（奇蹟），得知重置經過。	S2E3
到失眠圖書館說服無眠太太賦予二人權力改變冬甩紀記錄，返回世界重置前的狀態（失眠鎮五一黃金週）。	S2E4,5
重遇恢復記憶的雪兒和白仔，連同古詩婷到大冬甩酒樓向二人解釋世界重置一事。	S2E5
在坦白古詩婷身分前被 Didisan 以窩藏罪犯的罪名拘捕，乘坐烏龜浮力車到霹靂啪嘞監獄。	S2E5
被送上失眠鎮法庭，由莉莉小姐做代表律師，以「動機動機投影機」成功洗脫罪名。	S2E6
因古詩婷成為女王並實施夜間遊牧人安全法而成為一等公民，與雪兒、白仔前往邏各斯會議會堂女王辦公室理論，發現古詩婷被毛力持用白魔法禁術控制。	S2E12
與雪兒、白仔、007 到魔法大學向 Professor Star 學習魔法，以徒手結冰通過生火入學測驗，因時空間之術可以在魔法大學一連學習多日並入住宿舍。	S3E1

事件	集數
在恐懼鬥室克服一個人慢慢等死和怕凍的恐懼，獲得冰魔法。	S3E3
獲特別嘉賓魔法大師亮晶晶指導，得知邪惡夜間遊牧人的往事。	S3E5
在魔法課程的最後一課上抽取作戰裝備，獲得紅外線熱感金絲框眼鏡，被 Professor Star 叮囑用冷靜理性的腦袋做判斷。	S3E6,7
四人前往女王辦公室作戰，最後用眼鏡發現隱身毛力持的位置，成功解決危機。	S3E8-10
參觀亮晶晶的奇蹟先生藝術展覽	S4E10
想與雪兒、白仔分享桌上遊戲時，發現自己被反斗俠設計成夜間遊牧人大戰卡（生命力 20 ／攻擊力 10 ／普通形態）。	S4E11
於邏各斯回憶日（雪兒臨時創作）帶雪兒、白仔到訪失眠圖書館，獲無眠太太邀請穿梭時空核對歷史記錄。	S4E13
代替放假去野餐的雪兒接待新的夜間遊牧人鄭欣宜	S5SP
穿梭到邏各斯誕生的肉肉紀（11 世紀），在大自然環境見到滑溜滑溜（變大版凹凸凹凸，當時的居民乘騎）。	S5E2
穿梭到一千年前的起始之山，了解失眠鎮鎮民的誕生原因，核對失眠鎮鎮民的誕生記錄。	S5E3
帶上反斗俠穿梭到冬甩紀開端的鎮民大會，觀賞初代反斗俠的快樂方案演講，了解邏各斯文明建構。	S5E4
傻瓜三人組與莉莉小姐向 Didisan 借閱法官大典，閱讀亞利麻女神的教誨。	S5E5
帶上莉莉小姐穿梭到冬甩紀文藝時期	S5E6

事件	集數
首次於邏各斯經歷一年一度的落雨,穿梭到砂糖災難夜。	S5E7
參加溫泉旅館開幕典禮後進入時空穿梭裝置,卻被啟動忘卻程序的裂音趕走,研究說明書後決定準備一份最珍貴的禮物令妙音幸福以阻止格式化。	S5E9, 10
為裂音送上貼滿穿梭記錄截圖的紀念冊,順便探望被困的白仔、雪兒,成功阻止格式化。	S5E12, 13
收取責任編輯梁錫權二千元利是,為聖邏各斯紀念中學廣播劇社故事《大氣以上 話語以下》劇本聲演楊見聰。	大氣以上話語以下 E14 下

雪兒

身穿恐龍連身衣的異世界奇特古怪跳脫可愛（美？）少女

PROFILE

登場年齡
不詳
別名
名偵探柯雪
演員
鍾雪

人物指數（5/5）
快樂指數：5
奇特指數：5
嘈吵指數：5
成為主角的潛力指數：5

想法王座上的人生金句
才不要去想什麼想法王座上的人生金句！

角色經歷重點事件

事件	集數
以入境事務專員的身分把夜間遊牧人邀請信寄給莫言憂，信封寫有邏各斯的英文縮寫「LGS」，內附鎖匙。	S1E1
帶莫言憂參觀邏各斯及到達星星奶專賣店，並告訴莫言憂白仔臉上的流星圖案是胎記。	S1E2
在邏各斯百科學院任職兼職老師，教全科。當日課題：冬甩樹耕種方法。	S1E5
帶莫言憂去幫好姊妹亮晶晶建屋	S1E8
邀請莫言憂見證家人結拜大會儀式，和白仔正式結拜為父女。（結拜原因：可以不停免費喝星星奶）	S1E9
受莉莉小姐所托，和莫言憂、白仔到怪異博士研究中心進行臥底調查。	S1E10
為莫言憂、康志德、毛力持上課，教導亞利麻女神開發的白魔法祈禱學，讓他們升級成進階夜間遊牧人。	S1E12
和莫言憂用怪異博士的現實世界模擬器去參觀了一年前的旺角，但和莫言憂在模擬現實中失散，最後被莫尋回，二人一起返回邏各斯。	S1E15
在莫言憂的幫助下於「星球草節呈獻：星球草微電影拍攝比賽」中打敗毛力持	S1E16
在世界重置真空期中和白仔不斷搬磚頭，而且喪失了記憶，不認得莫言憂。	S2E3
和莫言憂、白仔被 Didisan 以窩藏罪犯的罪名拘捕，乘坐烏龜浮力車到霹靂啪嘞監獄。	S2E6
擔任邏各斯感謝祭司儀，而且罕有地十分害羞。	S2E10
古詩婷成為女王並實施夜間遊牧人安全法後，與莫言憂、白仔前往邏各斯會議會堂女王辦公室理論，發現古詩婷被毛力持用白魔法禁術控制。	S2E12
帶莫言憂、白仔、007 到邏各斯魔法學院跟 Professor Star 學魔法	S3E1

事件	集數
表演了噴火魔法，但沒有溫度。	S3E4
在魔法課程的最後一課上抽取作戰裝備，得到進化版恐龍連身衣。	S3E6
和莫言憂、白仔、007 到邏各斯會堂辦公室正式作戰，對付毛力持。	S3E8
向莫言憂建議扑暈古詩婷，令其失去意識，擺脫毛力持控制。	S3E9
叫莫言憂用紅外線熱感眼鏡視察隱形毛力持的位置，以及將地面結冰，令毛力持滑倒。	S3E10
要求莫言憂帶她和白仔參觀失眠圖書館，結果獲無眠太太邀請穿梭時空核對歷史記錄。	S4E13
和莫言憂、白仔第一次穿梭時空，希望體驗失眠鎮世界被創造的第一天。	S5E1
和白仔、莫言憂穿梭到邏各斯初誕生時的肉肉紀（11 世紀），見識到滑溜滑溜和會飛的星球草。	S5E2
和白仔、莫言憂穿梭到一千年前的起始之山，得知失眠鎮鎮民皆由思想實驗所誕生，亦是雪兒一出生就穿著恐龍連身衣的原因。	S5E3
和白仔、莫言憂、莉莉小姐向 Didisan 借閱法官大典，了解邏各斯是如何被規劃出來。	S5E5
和白仔、莫言憂、莉莉小姐穿梭到冬甩紀文藝時期	S5E6
和白仔、莫言憂穿梭到冬甩紀砂糖災難夜	S5E7
和白仔、莫言憂、反斗俠用時空穿梭裝置參觀邏各斯歷代交通工具，包括滑溜滑溜、滾輪床褥、邏各斯飄飄鐵路。	S5E8
和白仔被裂音困在時空穿梭裝置內清洗程式	S5E9
和白仔在時空穿梭裝置的最底層清潔垃圾，但實質上是在玩。	S5E12
時空穿梭裝置系統升級後打開了通往現實世界的新接口，白仔和雪兒決定前往探索現實的網絡世界。	S5E13

經營星星奶專賣店，善良又快樂的傻瓜老伯

白仔

PROFILE

登場年齡
不詳
別名
白爸
演員
梁子

人物指數（5/5）
快樂指數：5
奇特指數：4
嘈吵指數：5
成為主角的潛力指數：4

想法王座上的人生金句
活得快樂就不會變老了！

角色經歷重點事件

事件	集數
在雪兒的介紹下認識了莫言憂	S1E2
與飼養的凹凸凹凸「小白」參加了凹凸凹凸造型大賽	S1E3
於雪兒的家人結拜儀式中與其結拜成為父女	S1E9
受莉莉小姐所托，和莫言憂、雪兒到怪異博士研究中心進行臥底調查。	S1E10
在邏各斯「我最喜愛鎮民 2019 頒獎典禮」中因為樂於助人而獲獎	S1E11
在邏各斯世界重置真空期時精神失常，不僅失憶，忘記了莫言憂，還只忙著和雪兒不停來回搬磚頭。	S2E3
莫言憂和古詩婷成功復原邏各斯後，白仔和雪兒帶兩人到大冬甩酒樓吃飯，被 Didisan 以窩藏罪犯的罪名拘捕，乘坐烏龜浮力車到霹靂啪嘞監獄。	S2E5
莉莉小姐作為四人的代表律師，在庭上用「動機動機投影機」證明白仔到大冬甩酒樓的目的只是吃冬甩，成功為其洗脫罪名。	S2E6
在夜間遊牧人感謝祭中演唱了《天生二品》15 秒	S2E9
古詩婷成為女王並實施夜間遊牧人安全法後，與莫言憂、雪兒前往邏各斯會議會堂女王辦公室理論，發現古詩婷被毛力持用白魔法禁術控制。	S2E11
與莫言憂、雪兒、007 一起到魔法大學學習還原術，以解除毛力持的白魔法，拯救邏各斯，進行徒手生火入學測試時順利通過。	S3E1
專修的魔法是飛行（暫時可以離地 5cm）	S3E4
在魔法課程的最後一課上抽取作戰裝備，抽到一紮尼龍繩。	S3E7

事件	集數
正式開始作戰，白仔裝作向古詩婷告密以限制其行動，再用尼龍繩把她綁住。	S3E8
成功打敗毛力持及解除夜間遊牧人安全法後，到了溫泉旅館休息。	S3E11
在第二屆星球草祭中扮演神獸，要莫言憂餵他吃祠品。	S4E3
聘請了叮咚在星星奶專賣店做兼職	S4E8
要求莫言憂帶他和雪兒參觀失眠圖書館，結果獲無眠太太邀請穿梭時空核對歷史記錄。	S4E13
傻瓜三人組開始透過時空穿梭裝置探索邏各斯的歷史	S5E2
透過時空穿梭裝置回到一千年前的起始之山，得知自己是從現實世界的思想實驗誕生。	S5E3
推薦反斗俠出發前往邏各斯嘰哩咕嚕森林，但其實要行十年。	S5E8
請妙音飲星星奶，卻不小心令程式發生錯誤，妙音變成裂音。	S5E9
和雪兒被裂音困在時空穿梭裝置內清洗程式	S5E9
和雪兒在時空穿梭裝置的最底層清潔垃圾，但實質上是在玩。	S5E12
時空穿梭裝置系統升級後打開了通往現實世界的新接口，白仔和雪兒決定前往探索現實的網絡世界。	S5E13

既是獄警，也是法官的絕對無聊人

Didisan

登場年齡
不詳
別名
迪迪仔
演員
Woody

人物指數（5/5）
快樂指數：4
奇特指數：3
嘈吵指數：5+
成為主角的潛力指數：2

想法王座上的人生金句
拉晒你哋去坐監！

角色經歷重點事件

事件	集數
莫言憂和古詩婷成功復原邏各斯後，以特警身分到大冬甩酒樓拘捕非法入境者古詩婷，以及涉嫌窩藏罪犯的傻瓜三人組。	S2E5
擔任古詩婷安全法一案的法官，指出古詩婷的動機和行為都是非法入境。	S2E6
抓了毛力持問話作供，並褫奪其夜間遊牧人身分。	S3E11
自稱工作量太重，找了白仔來幫忙試工。	S4E7
借出法官大典給莉莉，被發現上面列明法官要有禮貌、服務大眾、清潔街道、為市民煮晚餐，但他全部都沒有做。	S5E5
幫莫言憂準備一份最珍貴的禮物給裂音，令她感到幸福，從而阻止格式化。Didisan 表示最珍貴的禮物是首席大法官審理案件的鎚仔，因為象徵了權力、價值、地位。	S5E10

無眠太太

PROFILE

登場年齡
不詳

別名
／

演員
阿如

人物指數（5/5）
快樂指數：3
奇特指數：4
嘈吵指數：3
成為主角的潛力指數：1

想法王座上的人生金句
圖書館是世界上最神聖的地方。

角色經歷重點事件

事件	集數
一直於館內收藏邏各斯每次重置的歷史記錄,與圖書館及無眠寶寶同為不被世界重置影響的存在。	
一開始拒絕莫言憂和古詩婷透過移動、銷毀書本改變失眠鎮狀態的請求,後來被古詩婷說服,批准二人找出冬甩紀記錄,派出無眠寶寶銷毀被重置記錄。	S2E4
一隻無眠寶寶被古詩婷偷走上庭為她作證	S2E7
邀請到訪的傻瓜三人組穿梭時空核對歷史記錄	S4E13

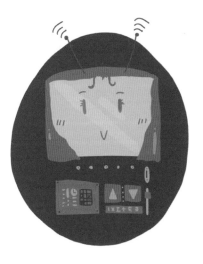

妙音／裂音

PROFILE

登場年齡
不詳

別名
／

演員
馬騮搣

人物指數（5/5）
快樂指數：N/A
奇特指數：4
嘈吵指數：1
成為主角的潛力指數：1

想法王座上的人生金句
嘟嘟嘟嘟嘟嘟嘟嘟嘟
—— 儘量用這個聲音擺脫麻煩。

角色經歷重點事件

事件	集數
在傻瓜三人組第一個穿梭時空的深夜，站在大冬甩上引導大家到歷史書的第一個篇章。	S5E1
帶領大家利用時空穿梭裝置回到肉肉紀（11世紀），是史書首次記錄香港這個領域，亦是邏各斯的開始。	S5E2
帶領大家穿梭到一千年前的起始之山，了解失眠鎮鎮民嘅誕生，解釋失眠鎮鎮民皆來自於現實世界的思想實驗，是思想實體品。	S5E3
帶領大家穿梭到砂糖災難夜	S5E7
因為誤喝星星奶導致程式錯誤，時空穿梭裝置異常扭曲，進入緊急維修模式，妙音身分轉換成裂音。	S5E9
裂音想格式化清洗記憶，說明書上列明停止格式化的方法是送上最珍貴的禮物，令裂音感到幸福，從而感化她。	S5E10
收到莫言憂送上的紀念冊，裡面貼滿了妙音和傻瓜三人組的穿梭記錄截圖。	S5E12
格式化停止，時空穿梭裝置回復正常並進行程式升級，指出因為現實世界越來越多人選擇失眠，打開了一個通往現實網絡世界的新接口。	S5E13

莉莉

一跳一彈，為市民彈出邁各斯每日最重要新鮮故事的專業記者

PROFILE

登場年齡
不詳
別名
莉莉小姐
演員
伍甄琪

人物指數（5/5）
快樂指數：4
奇特指數：3
嘈吵指數：3
成為主角的潛力指數：2

想法王座上的人生金句
我的新聞，就是和市民真正息息相關的事。

角色經歷重點事件

事件	集數
初登場時於凹凸凹凸廣場拍照	S1E3
參與鎮民大會	S1E6
發現了一宗關於怪異博士的大新聞，找傻瓜三人組當臥底，潛入怪異博士研究中心拍攝工作片段。	S1E10
主持了由《跳彈床日報》主辦的「邏各斯最喜愛的鎮民選舉」	S1E11
為了要讓夜間遊牧人學習邏各斯語言、對抗文化侵略，舉辦了捍衛母語活動日，把大嘴巴傳訊裝置的電源關掉，令莫言憂聽不懂雪兒說話。	S1E13
在古詩婷及傻瓜三人組被拘捕後擔任四人的辯護律師，在庭上用「動機動機投映機」證明各人的動機，為傻瓜三人組脫罪。	S2E6
讓志願成為記者的 007 在報館當一天實習生	S4E12
透過時空穿梭裝置回到一千年前的起始之山，得知失眠鎮鎮民皆從現實世界的思想實驗誕生。	S5E3
因為想知道邏各斯的文明規劃，在妙音的推薦下前往霹靂啪嘞監獄，向 Didisan 借閱法官大典。	S5E5

性別不明的邏各斯魔法大學主講教授兼自稱大明星

Professor Star——

PROFILE

登場年齡
不詳
別名
／
演員
占

人物指數（5/5）
快樂指數：4
奇特指數：5
嘮吵指數：3
成為主角的潛力指數：3

想法王座上的人生金句
活著就是為了開啟可能性！

角色經歷重點事件

事件	集數
要求莫言憂、白仔、雪兒、007 四人進行入學測試——徒手生火	S3E1
使用時空間之術使莫言憂可以長時間逗留在魔法大學學習魔法，而在現實世界只是過了一晚。	S3E2
帶四位學生參觀校園的動物園	S3E2
和四位學生分別上個人進修課，學生們要分別行進「恐懼鬥室」以探索哪一種魔法適合他們。	S3E3
發現四位學生在宿舍交流魔法後，決定傳授秘技。	S3E4
邀請了亮晶晶作嘉賓到魔法大學講課	S3E5
在四位學生的最後一堂課上，送給他們各自的作戰裝備。	S3E6
因為要鎮守魔法大學，所以在魔法課程完成後送走了四人，不能與他們一起作戰。	S3E7
留下了最後一封信給莫言憂，叮囑他要「虛一而靜」。	S3E7
留下了星星貼紙給雪兒，只要把貼紙分別黏在施法者和中咒者的額頭上，就能解除「的的篤篤大木偶小木偶傀儡術」。	S3E8

反斗俠

目標為設計出世界上最偉大遊戲的笨蛋遊戲專家

PROFILE

登場年齡
不詳
別名
尷尬俠
演員
天欣

人物指數（5/5）
快樂指數：5
奇特指數：3
嘈吵指數：4
成為主角的潛力指數：-1

想法王座上的人生金句
在世界需要遊戲的時候，我就要出現。

角色經歷重點事件

事件	集數
設計了夜間遊牧人大戰卡牌遊戲，掀起了全鎮的潮流。	S4E11
和傻瓜三人組一起透過時空穿梭裝置回到冬甩紀剛開始的時候，看到初代反斗俠的演講。	S5E4
當時入貨的遊戲包括：爆炸凹凸凹凸、旋轉大冬甩模擬器、螞蟻叫聲生成棋	S5E4
準備出發旅行，以步行環遊整個邏各斯，在路上碰到傻瓜三人組，便一起透過時空穿梭裝置探索邏各斯以前的交通工具。	S5E8
在白仔的推薦下出發前往邏各斯嘰哩咕嚕森林，但其實要步行十年。	S5E8

喜歡說疊字，和同類相處不良的男子精靈

PROFILE

登場年齡
不詳
別名
／
演員
芷希

人物指數（5/5）
快樂指數：3
奇特指數：3
嘈吵指數：1
成為主角的潛力指數：0

想法王座上的人生金句
人人也是獨獨特特的！

DATA

角色經歷重點事件

事件	集數
因為天生有疊字病而被其他妖精取笑，決定離開枕頭樹公園，到流星堂星星奶專賣店當兼職。	S4E8
發現星星奶專賣店有很多星星杯不見了	S4E9

並不可愛，但卻自封是全邏各斯最可愛的小朋友

PROFILE

登場年齡
不詳
別名
／
演員
薛晉寧

人物指數（5/5）
快樂指數：5
奇特指數：3
嘈吵指數：4
成為主角的潛力指數：3

想法王座上的人生金句
可愛和聰明就是正義！

角色經歷重點事件

事件	集數
在邏各斯百科學院上兼職老師雪兒的課	S1E5
擔任其中一屆失眠鎮邏各斯鎮民大會主席	S1E6
招待雪兒、莫言憂參觀自己的家——芝士山大宅，途中發現大宅二樓的家傳之寶（野比英雄內褲）不見了。	S1E14
應雪兒邀請到魔法大學，與傻瓜三人組一起學習還原術，以解除毛力持的魔法，拯救邏各斯。	S3E1
表演分身術魔法，分身成七個007。	S3E4
在魔法課程的最後一課上抽取作戰裝備，抽到擦地炮。	S3E7
和莫言憂、白仔、雪兒到邏各斯會堂辦公室正式作戰，對付毛力持。	S3E8
到了邏各斯《跳彈床日報》報館當了一天實習生	S4E12
妙音用模擬系統召喚虛擬007，虛擬007提及007誕生自思想實驗。	S5E3

PROFILE

登場年齡
不詳
別名
／
演員
正

人物指數（5/5）
快樂指數：4
奇特指數：5
嘈吵指數：3
成為主角的潛力指數：4

想法王座上的人生金句
只有大自然，永遠不會出賣我。

角色經歷重點事件

事件	集數
本來是一名魔法神童，是亞利麻女神親手挑選的後裔，曾經精通二十種魔法，但早已放棄女神後裔身分，放棄了其中十九種魔法。	S3E5
因為魔法高強，很多年前被邪惡的夜間遊牧人想抓到現實世界，幸得 Professor Star 協助她匿藏在魔法大學。	S3E5
準備徒手蓋房子，並在開始前帶領傻瓜三人組祈禱。	S1E8
飼養翻譯鸚鵡	S1E13
為眾人友誼占卜到不詳預兆，因而悶悶不樂。	S1 完結篇
被可憐蟲病毒感染，導致不斷哭泣，最後被莫言憂、雪兒、白仔罵醒。	S2E11
被 Professor Star 邀請到魔法學校做嘉賓，揭露自己魔法神童的身分。	S3E5
幫助莫言憂、雪兒、白仔、007 將魔法鍛鍊得越來越精湛	S3E5
舉辦藝術展覽，主題為「愛」，並寫信邀請傻瓜三人組出席。	S4E10
和 Didisan、莫言憂在凹凸凹凸廣場見面，商量如何救出被困時空穿梭裝置的雪兒和白仔。	S5E10
準備了凹凸凹凸奇蹟先生寫真集作為給妙音的禮物	S5E10

PROFILE

登場年齡
不詳
別名
奇蹟先生
演員
Jacky

人物指數（5/5）
快樂指數：5
奇特指數：5
嘈吵指數：5
成為主角的潛力指數：0

想法王座上的人生金句
蕉～

DATA

角色經歷重點事件

事件	集數
於凹凸凹凸廣場向莫言憂和古詩婷解釋世界重置經過，並指引他們到失眠圖書館。	S2E3,4
被亮晶晶暗戀，誤以為亮晶晶放在家門外的食物和頸巾是來自怪異博士，所以接受了禮物，但其實並不認識亮晶晶，所以拒絕了她的表白。	S4E1
於第二屆星球草祭被莫言憂誤會為亞利麻女神的神獸，被抓去交差。	S4E3
被古詩婷關到鐵籠內，並試圖放到大海中探索，但成功逃走。	S4E6
因大腦突變產生邪惡分泌物而越來越貪婪，犯下連環盜竊後被 Didisan 監禁。	S4E9
因眾人擔心奇蹟會變得更殘暴、無法自我控制而考慮將他處死，最後古詩婷發明出疫苗抑制邪惡因子，令奇蹟得以在被丟進火山口前救下。	S4E9
亮晶晶舉行奇蹟先生藝術展覽，主題為「愛」。	S4E10
亮晶晶收藏了奇蹟的全裸寫真集，被莫言憂以允許刊登相片為交換條件，向莉莉換取幸福幸福測量器。	S5E10, 11

怪異博士

PROFILE

登場年齡
不詳

別名
／

演員
Donald

人物指數（5/5）
快樂指數：4
奇特指數：2
嘈吵指數：0
成為主角的潛力指數：0

想法王座上的人生金句
所有奇怪動物都值得被愛

DATA

角色經歷重點事件

事件	集數
被莉莉小姐等人調查及懷疑在培養凹凸凹凸兵團，實質在利用凹凸凹凸進行本性研究。	S1E10
發明現實世界模擬器，讓莫言憂、雪兒參觀一年前的旺角。	S1E15
決定擴展生態研究範圍到自然環境及現實世界，邀請古詩婷擔任助手。	S3E11

從事電腦行業的普通

康志德

PROFILE

登場年齡
不詳

別名
／

演員
傳

人物指數（5/5）
正向心態指數：4
社交能力指數：3
正義指數：4
情緒穩定指數：4
學術指數：3
思考力指數：3
體能指數：3
藝術及創造力指數：2

想法王座上的人生金句
一定得！

DATA

角色經歷重點事件

事件	集數
於入境事務大樓遇上莫言憂	S1E7
與莫言憂於現實世界相約一起到邏各斯	S4E2
接受莉莉小姐專題採訪分享康德哲學	S4E5

過氣導演，失眠鎮故事的唯一奸角

毛力持

I LOVE ME

PROFILE

登場年齡
不詳
別名
／
演員
強 BB

人物指數（5/5）
正向心態指數：2
社交能力指數：2
正義指數：-1
情緒穩定指數：3
學術指數：2
思考力指數：2
體能指數：2
藝術及創造力指數：3

想法王座上的人生金句
有錢過生活就是正義

DATA ----

角色經歷重點事件

事件	集數
參加「星球草節呈獻：星球草微電影拍攝比賽」，最後輸給雪兒。	S1E16
以魔法禁術控制古詩婷，設立夜間遊牧人安全法。	S3E1
白仔、莫言憂、雪兒、007在戰鬥中令毛力持現身，毛力持抓住雪兒當人質。	S3E9
突然消失於莫言憂等人眼前	S3E9
被莫言憂、雪兒制伏，禁術被解除。	S3E10
被 Didisan 抓到霹靂啪嘞監獄問話後招供，被褫奪夜間遊牧人身分。	S3E11

PROFILE

登場年齡
不詳
別名
Augustina
演員
Choco

人物指數（5/5）
正向心態指數：3
社交能力指數：4
正義指數：3
情緒穩定指數：4
學術指數：5
思考力指數：5
體能指數：4
藝術及創造力指數：4

想法王座上的人生金句
You are the only master of your own universe.

事件	集數
收到莫言憂的電郵約見，指自己也是夜間遊牧人，古詩婷隨即赴約。	S2E1
邀請莫言憂到實驗室試用裝置，並表示想回到邏各斯見朋友。	S2E2
二人利用裝置到訪三個不同的現象界，遇到三個雪兒。	S2E2
二人成功到達世界重置中的失眠鎮，看到四周都是殘骸，一片末日景象。	S2E3
在奇蹟的提議下，和莫言憂到了失眠圖書館找無眠太太幫忙，了解世界重置的歷史，並尋找存在證據重新啟動邏各斯。	S2E4
在失眠圖書館透過改變、移動、銷毀記錄不同時空的書來改變邏各斯狀態	S2E5
重啟邏各斯後，和傻瓜三人組一起到大冬甩酒樓飲茶時被 Didisan 以非法入境的罪名拘捕。	S2E5
寫信給莫言憂，自稱決定執起權柄，成為夜間遊牧王，將拯救邏各斯的經歷印成小冊子《Augustina bible》，在小冊子中稱莫言憂為她的助手。	S2E10
登基成為失眠鎮女王，但莫言憂覺得事有蹊蹺，於是到女王辦公室找古詩婷，發現古詩婷正被毛力持用魔法操控。	S2E12
傻瓜三人組及 007 到女王辦公室作戰，抓住古詩婷，並把 Professor Star 提供的貼紙貼在她的額頭，以解除白魔法。	S3E8
怪異博士覺得古詩婷內心善良，因此邀請其成為助手，研究異世界、魔法來源、異世界和現實世界的關係。	S3E11
研究發現奇蹟大腦發生突變，會變得邪惡、做出不能控制的殘暴行為。	S4E9

FLIP & FLOP

真實人生大失敗的幪面人生教練

徐一樂

PROFILE

登場年齡
約 30 歲
別名
幪面先生
演員
文卓森

人物指數（5/5）
正向心態指數：2
社交能力指數：2
正義指數：3
情緒穩定指數：2
學術指數：3
思考力指數：3
體能指數：3
藝術及創造力指數：4

想法王座上的人生金句
既然沒有辦法，或者順其自然吧。

DATA

角色經歷重點事件

事件	集數
出席「一定能做到 與成功約會 幪面先生生命分享會」遲到半小時,被經理人 Candy 責罵,並發出最後通牒,如果再遲到就會被解僱。	E1
行經「塔塔子心靈相談所」,遇到店主林善,獲贈秘魯聖木。	E1
當晚回家,收到女友 Priscilla 傳來的分手訊息。	E1
找塔塔子進行冥想放鬆療程,疏導情緒。	E2
拿起很久沒彈過的結他,練習許立仁的歌,心情得到紓緩。	E2
出席幪面先生分享會,終於沒有遲到,而且表現得很好。	E3
在演講中訛稱自己有處理法律、合約問題的豐富經驗	E3
與林善同時到後台找表演嘉賓許立仁拍照,林善因而發現徐一樂就是幪面先生,兩人發現對方都是騙子,原來徐一樂並不是成功人士,林善也無法從靈性物品得到慰藉。	E3
和林善、許立仁相約第二天見面,為許立仁解決合約和情緒問題。	E3
前女友 Priscilla 趁徐一樂上班,自行到他家收拾物品,留下鎖匙,封鎖了他,而且開展了另一段新戀情。	E4
和林善、許立仁在「塔塔子心靈相談所」見面,發現大家音樂口味十分接近。	E4
與林善向許立仁坦白及道歉	E4
三人受到 Birdy 的歌曲〈Wings〉鼓勵	E5

事件	集數
許立仁播放自己作曲的 demo 給林善和徐一樂聽，兩人均非常喜歡，林善提出三人合資推出歌曲。	E5
三人交換電話號碼，建立 WhatsApp Group，但過了一段時間都沒有人講話。	E6
一個月之後，許立仁終於在群組中邀請兩人一起用之前的 demo 製作歌曲。	E7
三人於許立仁位於工廠大廈的工作室見面	E8
許立仁決定找徐一樂負責填詞	E9
三人決定音樂單位名字叫 Flip and Flop	E9
收到 Candy 傳來的催稿和關心訊息，領悟到每個人關心別人的方式都不一樣，有點感動。	E10
打電話給許立仁討論填詞方向	E10
與許立仁定下了歌名〈行路難〉及副歌第一句「行路難 我就攀和爬」	E10
已完成整份歌詞，只剩下最後一句，許立仁和林善合力幫他完成，寫下了「把痛苦轉化 可以嗎」。	E11
出了一個 IG post，指自己開始思考自省，面對自己的問題。	E11
歌曲在 YouTube 推出，三人合力寫了文案。	E11
希望和前女友 Priscilla 正式完結關係，Priscilla 接受道歉並原諒了他。	E11
三人相約在許立仁的工作室吃飯，許立仁邀請二人一起製作下一首歌。	E11

PROFILE

登場年齡
約 30 歲
別名
塔塔子
演員
Gi

人物指數（5/5）
正向心態指數：1
社交能力指數：4
正義指數：4
情緒穩定指數：1
學術指數：4
思考力指數：3
體能指數：2
藝術及創造力指數：3

想法王座上的人生金句
每人也有自己的傷痛，無必要向任何人解釋。

角色經歷重點事件

事件	集數
在自家店舖「塔塔子心靈相談所」遇到徐一樂	E1
經唐蔓琳介紹，在懞面先生分享會完結後到後台找許立仁合照。	E3
與許立仁合照後，發現徐一樂就是懞面先生，質疑他演講內容的真確性。	E4
怪責唐蔓琳邀請她去聽懞面先生分享會，對唐蔓琳及自己感到懊惱。	E4
一如每晚，傳訊息到已故男友譚又康的電話號碼。	E5
與許立仁、徐一樂在「塔塔子心靈相談所」見面，承認之前做占卜是假的。	E5
聽完許立仁自己錄的 demo 後流淚，感覺歌背後有很多他的自身故事，建議許立仁自己做歌。	E6
提議三人一起為許立仁做歌	E6
表示可以免費幫許立仁做編曲、混音	E7
收到許立仁語音訊息後，發現自己對做音樂依然有慾望	E7
和徐一樂前往許立仁工作室	E8
答應為三人音樂單位做製作，三人一起為音樂單位取名。	E9
為 Flip and Flop 的第一首歌編曲，編曲靈感來自和譚又康相處的回憶。	E10
打電話向唐蔓琳道歉	E11
將新歌宣傳放上「塔塔子心靈相談所」IG 作告別 post，並決定關閉實體店，將相談所變為網店。	E11

許立仁

PROFILE

登場年齡
約 32 歲

別名
立仁

演員
周國賢

人物指數（5/5）
正向心態指數：2
社交能力指數：3
正義指數：4
情緒穩定指數：2
學術指數：3
思考力指數：3
體能指數：4
藝術及創造力指數：4

想法王座上的人生金句
如果人如流星終將消逝，至少想留下一絲痕跡。

角色經歷重點事件

事件	集數
中七時與拍拖半年的女友首次暨最後一次以情侶檔參加歌唱比賽，再被女友逼著報名獨唱組，發現自己十分喜歡自彈自唱。	E8
於大學夾 band	E8
與黃瑋珊分手後因太傷心寫出第一首歌，發現自己喜歡創作音樂為自己的情緒尋找出口。	E8
與唱片公司老闆為音樂計劃和創作自由爭執，指老闆違背當初簽約時答應給予創作空間的承諾。	E3
爭執後作為特別嘉賓於幪面先生的生命分享會表演	E3
於分享會後台認識前來合照的幪面先生和林善，決定向徐一樂請教合約問題，並獲介紹塔塔子的靈性治療。	E3,4
講座後接受叱咤樂壇新歌〈BTTY〉（Be True To Yourself）訪問，作出違心回答。	E4
到「塔塔子心靈相談所」與徐一樂、林善見面	E5
發現和徐一樂、林善都喜歡同一首英文歌（Devendra Banhart 的〈Daniel〉），放下防備將所有心事向二人傾訴。	E5
發現二人都沒有能力解決自己的問題，先因為被欺騙而覺得生氣，後又同情他們。	E5,6
準備離開相談所時因為三人都喜歡 Birdy 的〈Wings〉一歌決定留下，為二人播放自己創作的 demo。	E6
感激林善提出可以為他做編曲，決定與二人開設聊天群組分享 demo。	E7

事件	集數
聊天群組開設一個月後，在參觀畫展時受畫作啟發，想用三人的掙扎為題材一起做歌。	E7
於群組內邀請二人合作製作歌曲，希望證明自己對音樂的堅持沒錯。	E7
在位於工廠大廈的工作室與二人見面	E8
提議三人組成音樂單位，自己隱藏身分負責主唱和作曲。	E9
提議音樂單位叫 Flip and Flop，比喻人生掙扎如同不斷 flip 和 flop，亦像選擇穿著人字拖一樣，若選擇自由自在，即使痛苦亦無怨無悔。	E9
與徐一樂討論歌詞方向，徐一樂決定歌名為〈行路難〉。	E10
三人合力完成最後一句歌詞後開始錄音，由許立仁處理後續程序，最後發送檔案給林善做最後混音。	E11
於叱咤樂壇新歌訪問承認過往所有作品都不是自己的心聲，表示學會放下執著，希望成為他人的情緒出口；否認自己是 Flip and Flop 主唱。	E11
提議 Flip and Flop 開始製作下首歌	E11

唐蔓琳

具工作效率，心思細密的經理人

登場年齡
約 32 歲
別名
Candy
演員
麻利

人物指數（5/5）
正向心態指數：2
社交能力指數：3
正義指數：4
情緒穩定指數：2
學術指數：3
思考力指數：3
體能指數：4
藝術及創造力指數：4

想法王座上的人生金句
只要願意思考，問題一定可以解決。

角色經歷重點事件

事件	集數
擔任幪面先生分享會的主持，介紹許立仁出場。	E1
因幪面先生遲到，責罵他只是飾演一個成功人士而實際上是個失敗者，見到一塌糊塗的人看不過眼，著他調整心態。	E1
准許徐一樂在後台與許立仁見面	E3
林善得知徐一樂就是幪面先生後，怪責唐蔓琳因而吵架。	E3
傳了三個語音訊息給徐一樂未獲回覆，擔心徐一樂是不是有意外，卻啟發了徐一樂的歌詞方向。	E10（提及）
回覆徐一樂 IG 貼文，指自己有當他是朋友，徐一樂感恩有唐蔓琳這個好上司。	E11
林善打給唐蔓琳道歉，懷疑徐一樂及林善搞曖昧。	E11

楊見聰

不善表達卻極愛胡思亂想的廣播劇社編劇

PROFILE

登場年齡
約 16 歲
別名
洋蔥
演員
Oscar

人物指數（5/5）
正向心態指數：3
社交能力指數：1
正義指數：4
情緒穩定指數：3
學術指數：3
思考力指數：3
體能指數：3
藝術及創造力指數：5+

想法王座上的人生金句
想像力是人類最獨特珍貴的禮物。

角色經歷重點事件

事件	集數
答應幫袁展球修改劇本稿	E1
加入廣播劇社	E2
受到餃子啟發，撰寫偵探劇。	E3
提議撰寫關於心理偵探的廣播劇	E4
完成第一套劇，在校園電台播放。	E6
觀察袁展球和徐一鳴冷戰	E7
第一集廣播劇播出後，和袁展球在巴士一起看問卷結果，被王浩聲的說話打擊。	E8
參考徐一鳴哥哥的經歷，寫下《Flip and Flop》。	E11
設計「想法」角色	E11
收到媽媽關於打算學期後一家移民的消息	E12
將學期後要移民去英國的消息告知劇社同學	E13
找梁芳橋幫忙，播出「動物寓言劇場」。	E14
希望將廣播劇社同學之間的事寫成廣播劇，成為聖邏各斯廣播劇社下一個劇本。	E14

姚詠藍

PROFILE

登場年齡
約 16 歲

別名
搖籃

演員
江慧楓

想法王座上的人生金句
守規則是學生的本分。

人物指數（5/5）
正向心態指數：3
社交能力指數：3
正義指數：5
情緒穩定指數：3
學術指數：4
思考力指數：3
體能指數：3
藝術及創造力指數：3

DATA

角色經歷重點事件

事件	集數
暫代加入廣播劇社	E2
建議楊見聰參考日本漫畫，撰寫廣播劇角色性格。	E5
和徐一鳴吵架，指責他將對自己的失望發洩在其他人身上。	E7
最後沒有退出廣播劇社	E14
和袁展球處於曖昧狀態	E14

袁展球

廣播劇社中的戀愛腦胖子

PROFILE

登場年齡
約 16 歲
別名
圓波
演員
梁子

人物指數（5/5）
正向心態指數：4
社交能力指數：4
正義指數：4
情緒穩定指數：4
學術指數：1
思考力指數：2
體能指數：1
藝術及創造力指數：3

想法王座上的人生金句
畢業前要談一場無悔的戀愛！

角色經歷重點事件

事件	集數
將廣播劇劇本及表白計劃和楊見聰分享	E1
和徐一鳴、楊見聰製作及播放《動物預言劇場：熊人的魔法球》	E1
加入廣播劇社	E2
和徐一鳴在男廁吵架	E6
練習聲演許立仁一角	E12
被踢爆想向姚詠藍表白	E12
和姚詠藍處於曖昧狀態	E14
透過「動物寓言劇場」向姚詠藍表白	E14

熱血無敵的廣播劇社發起人及社長

梁芳橋

PROFILE

登場年齡
約 16 歲
別名
Thank You
演員
王酸

人物指數（5/5）
正向心態指數：5
社交能力指數：4
正義指數：3
情緒穩定指數：4
學術指數：2
思考力指數：3
體能指數：3
藝術及創造力指數：4

想法王座上的人生金句
瘋狂追逐夢想才是人生啊！

角色經歷重點事件

事件	集數
適逢校園電台起用，寫信向課外活動主任申請成立廣播劇社，獲校長批准。	E2
於午休收聽校園電台「動物寓言劇場」，放學後特意到留堂室邀請三人加入廣播劇社，並以學生會會章為由拉上學生會會長姚詠藍。	E2
廣播劇社第一部作品《心理偵探 鬼魅劇場——大笑之子》首播	E6
廣播劇因時長計算失誤意外被腰斬，感到沮喪。	E6
衝入男廁阻止袁展球和徐一鳴吵架	E6
收回問卷，廣播劇反應正面。	E7
開會時阻止眾人吵架，樂見大家對廣播劇社上心。	E7
面對王浩聲批評更有決心做好廣播劇創作	E9
收到王浩聲諷刺廣播劇社成員的語音訊息，被稱為男人婆同學。	E10
於《Flip and Flop》飾演 Candy	E14 上
與楊見聰合謀借用第二日校園電台時間，以特別劇場幫袁展球向姚詠藍表白。	E14 下

徐一鳴

PROFILE

登場年齡
約 16 歲
別名
死馬騮
演員
Woody

人物指數（5/5）
正向心態指數：4
社交能力指數：3
正義指數：3
情緒穩定指數：3
學術指數：1
思考力指數：3
體能指數：4
藝術及創造力指數：3

想法王座上的人生金句
及時也行樂，不及時也行樂！

角色經歷重點事件

事件	集數
和楊見聰、袁展球錄製廣播劇《動物寓言劇場：熊人的魔法球》	E1
受梁芳橋邀請加入廣播劇社	E2
表示哥哥（徐一樂）認識很多舞台演出的人，可能會找到很多配樂。	E4
放學後參與廣播劇社開會，到電腦室學剪接。	E5
跟袁展球在男廁吵架	E6
《心理偵探 鬼魅劇場——大笑之子》首播	E6
跟袁展球冷戰	E7
跟廣播劇社成員在放假日回校開會	E9
聽了王浩聲的批評後說要馬上開會做到最好，大家發現激將法對徐一鳴有用。	E9
為了幫楊見聰構思廣播劇題材，分享哥哥（徐一樂）的故事。	E11
在《Flip and Flop》中聲演哥哥徐一樂	E12
為了要激嬲袁展球，踢爆袁展球想向姚詠藍表白一事。	E12
在「動物寓言劇場」中聲演猴子	E14

王浩聲

後期加入廣播劇社，嶄露頭角的中二病 YouTuber

PROFILE

登場年齡
約 16 歲
別名
／
演員
薛晉寧

人物指數（5/5）
正向心態指數：3
社交能力指數：3
正義指數：3
情緒穩定指數：4
學術指數：4
思考力指數：4
體能指數：3
藝術及創造力指數：4

想法王座上的人生金句
最緊要有型，唔該。

角色經歷重點事件

事件	集數
放學後在巴士上向楊見聰和袁展球搭嘴，批評《心理偵探》劇情無聊、演技浮誇。	E8
向二人表示已經申請下學期的校園電台時段，分享漫畫、日常資訊。	E8
闖入廣播劇社開會現場，指他們嘈吵。	E9
向梁芳橋發送諷刺廣播劇社成員的語音訊息	E10
於電腦室工具房幫老師手時偷聽到廣播劇社開會討論《Flip and Flop》劇本，自薦飾演想法，承諾如果合作愉快就不會搶佔廣播劇社電台時段。	E11
被加入廣播劇社 WhatsApp 群組試讀劇本，正式加入廣播劇社。	E12

夢物集

江可

神秘組織山海閣的人員，無故猝死的樂天女生

PROFILE

登場年齡
約 30 歲
別名
／
演員
／

人物指數（5/5）
正向心態指數：4
社交能力指數：4
正義指數：4
情緒穩定指數：4
學術指數：4
思考力指數：4
體能指數：4
藝術及創造力指數：3

想法王座上的人生金句
總有一日會知道生命的真相。

角色經歷重點事件

事件	集數
向任可哲提及有報館編輯（楊嘉兒）花了不少錢叫她幫忙研究一塊石頭（余海遺物）	E7
帶任可哲到山海閣學生宿舍檢查鏡子	E7
與任可哲外出採購時在小型精品家具店遇見被病毒感染的時鐘	E8
約定任可哲晚上 11 時在山海閣草地上觀看流星雨，但在任可哲到達前於宿舍床上死亡，醫生判斷為無故猝死。	E9
因猝死與楊嘉兒失去聯絡	Last Seen! S6E2
聯絡方法被楊嘉兒轉交莊幾何	God Knows? E8
（江銳透露）記事本和電腦中記載山海閣資料及上帝碎屑種植計劃詳情	God Knows? E9

認真而深思熟慮，繼承了萬物醫能力的孤獨男子

任可哲

PROFILE

登場年齡
約 30 歲
別名
／
演員
Oscar

人物指數（5/5）
正向心態指數：2
社交能力指數：3
正義指數：3
情緒穩定指數：4
學術指數：4
思考力指數：5
體能指數：4
藝術及創造力指數：3

想法王座上的人生金句
人並非需要快樂才能活著。有責任要負，就要活著。

角色經歷重點事件

事件	集數
遇上窗簾付喪神	E1,2
遇上石階付喪神	E3,4
遇上電視付喪神	E5,6
遇上鏡子付喪神	E7,8
遇上時鐘付喪神	E9,10
遇上毛筆付喪神	E11-14
受江可邀請一起看流星雨	E12
江可無故猝死，任可哲當刻才真正意識到爸爸的離開。	E12
進入了毛筆付喪神的結界	E12
表示想為江可的猝死找原因	E13
表示萬物醫一職對他而言只是責任，除此之外毫無意義。	E13
付喪神認為任可哲的生命就是永遠在逃避	E14
發現付喪神的聲音原來是自己的聲音	E14
到山海閣要求研究員讓他做實驗體，穿梭不同的異世界，目標有三： 一、找出江可猝死的原因 二、找辦法醫治毛筆付喪神與自己 三、尋找生存的意義	E14

只相信科學，絕對理性又健談熱心的科學教師

莊幾何

登場年齡
約 32 歲
別名
Geometry ／莊 Sir
演員
陳健安

人物指數（5/5）
正向心態指數：4
社交能力指數：4
正義指數：4
情緒穩定指數：5
學術指數：5
思考力指數：4
體能指數：4
藝術及創造力指數：2

想法王座上的人生金句
一草一木、一分一秒、一字一詞、一眉一眼，通通也是科學。

角色經歷重點事件

事件	集數
接受陳學彤拍攝訪問，以製作校園記錄片。	E1
在禮堂向陳學彤、葉信言介紹科學學會年度科學展覽，拒絕應葉信言要求將蓋住救世主生平壁畫的「光線的旅行」橫額移開。	E1
就光線事件及自體充電事件，和葉信言詢問陳學彤關於高泳行的事，並叫陳學彤調查高泳行。	E4
向葉信言提議在家長日前約見高泳行家長或做家訪	E5
叫陳學彤再打探高泳行的事	E5
表示希望可以約見高泳行家長，因為對於傷口癒合、令光屈曲、自體充電等謎團，以及高泳行的待人接物有很多不解的地方。	E6
建議到高泳行家中做家訪，不小心將陳學彤暗中調查高泳行一事爆出。	E6
趁學校放假和葉信言、陳學彤到高泳行家中做家訪，發現佛經、可蘭經、文具、書、CD。檢查了小食櫃和廁所，無特別發現。	E7
向葉信言建議問校長關於高泳行入學申請的事	E7
一早回到學校找校長，但校長死口不答關於高泳行入學資料的問題。	E8
和葉信言、陳學彤一起看探員 U 疑似拍到高泳行的片段	E8
聯絡大學舊同學兼記者楊嘉兒，楊嘉兒答應將線人聯絡資料轉發。	E8
與葉信言、陳學彤及高泳行一起和江銳見面	E9
與葉信言進行關於科學、宗教和信念的坦誠交談，二人和好。	E10

終極虔誠，堅毅執著而盡忠職守的宗教科教師

葉信言

PROFILE

登場年齡
約 33 歲
別名
Miss Yip
演員
Serrini

人物指數（5/5）
正向心態指數：5
社交能力指數：3
正義指數：5
情緒穩定指數：3
學術指數：4
思考力指數：3
體能指數：3
藝術及創造力指數：3

想法王座上的人生金句
信神，愛神，望神，永得喜樂。

角色經歷重點事件

事件	集數
接受陳學彤拍攝訪問，以製作校園記錄片。	E1
為陳學彤的校園記錄片導賞禮堂宗教藝術佈置，卻因科學學會展覽橫額遮蓋救世主生平壁畫而與莊幾何爭論。	E1
於班主任課交代與校長商討後允許橫額掛於壁畫位置一星期，並向全班介紹插班生高泳行。	E2
安排高泳行加入陳學彤、朱健明、區卓玲的宗教科專題研習小組，開會時見證高泳行徒手為 iPad 快速充電。	E3
觀看高泳行扭曲光線的片段後認為高泳行能行神蹟，連同莊幾何吩咐陳學彤調查高泳行。	E4
聽陳學彤匯報高泳行家中情況，與莊幾何有意進行家訪，最後又與莊幾何爭執。	E5
放學後經過操場目睹高泳行為陳學彤治理傷口，深信高泳行是神之子。	E5,6
和莊幾何、陳學彤到高泳行家中進行家訪	E7
與莊幾何爭論，指他不應未得自己同意擅自與校長討論高泳行的事情。	E8
和莊幾何、陳學彤、高泳行與江銳會面，得知高泳行出身及超能力來源。	E9
與莊幾何討論科學及宗教的衝突異同，明白個人信念比起真理更重要，二人和解。	E10
與 6C 班舉行 BBQ 派對	E11

開朗善良的學生，學校快樂日常的記錄者

陳學彤

PROFILE

登場年齡
約 17 歲
別名
牙彤
演員
Oscar

人物指數（5/5）
正向心態指數：4
社交能力指數：4
正義指數：4
情緒穩定指數：3
學術指數：2
思考力指數：3
體能指數：3
藝術及創造力指數：4

想法王座上的人生金句
把生活好好記錄，不令自己後悔。

角色經歷重點事件

事件	集數
開始拍攝校園記錄片，目的是記錄校園生活，以及用片段製作作品集，以報讀創意媒體學系。	E1
訪問 6C 班兩位班主任——莊幾何、葉信言	E1
主動幫忙照顧剛加入 6C 班的插班生高泳行，並帶他到禮堂。	E2
拍下高泳行扭曲光線的過程並旁述	E2
跟高泳行一起放學，聽完高說爸爸媽媽吩咐的原則後覺得有矛盾。	E3
跟朱健明、區卓玲一起向葉信言報告宗教科專題研習。高泳行在葉信言的安排下加入成為組員。	E3
區卓玲忘記幫 iPad 充電及沒有帶充電器，高泳行便徒手幫 iPad 充電，被陳學彤拍下。	E3
被莊幾何、葉信言召見，因為他們覺得陳學彤跟高泳行相處比較多，想他秘密調查高的底細。	E4
第一次到訪高泳行家並一起打機，發現高泳行家什麼都沒有。	E4
向莊幾何、葉信言匯報高泳行家中情況，答應會繼續調查。	E5
高泳行幫陳學彤治癒傷口，被葉信言看到。	E5
因為莊幾何不小心爆出陳學彤暗中調查一事而被高泳行判斷他們不是朋友	E6
在高泳行邀請下，和莊幾何、葉信言一起家訪，並拍下過程。	E7
因為被高泳行判斷他不是朋友只是調查者，而感到傷心，感覺被絕交。	E7

事件	集數
區卓玲及朱健明二人給陳學彤看一段探員 U 介紹某本地神秘組織的片段，在片段中看到一個疑似高泳行的身影。	E7
向高泳行坦白承認暗中調查他，並向高泳行道歉。	E8
與高泳行、莊幾何、葉信言約見江銳，了解高泳行的身世。	E9
和朱健明、區卓玲、高泳行進行祝酒儀式，發誓不把高泳行的事告訴其他人。	E10
在 6C 班最後一次 BBQ 聚會上四出訪問同學們及班主任	E11

高泳行

對社會缺乏理解，目無表情卻自帶喜感的超能力者插班生

登場年齡
約 17 歲
別名
魔術仔／魔法仔
演員
林家謙

人物指數（5/5）
正向心態指數：3
社交能力指數：1
正義指數：4
情緒穩定指數：5
學術指數：5+
思考力指數：4
體能指數：5+
藝術及創造力指數：3

想法王座上的人生金句
和身邊的人好好相處。

角色經歷重點事件

事件	集數
以插班生身分入讀聖邏各斯紀念中學 6C 班	E2
上學第一天，莊幾何、朱健明、區卓玲籌備科學學會年度展覽時，在眾人及陳學彤面前第一次展示超能力，把電筒的光彎曲。	E2
開始被改花名做魔術仔	E3
在葉信言安排下加入陳學彤、朱健明、區卓玲的宗教科專題研習小組，展示超能力徒手幫 iPad 充電。	E3
失憶藥開始生效	E4
表示打 FIFA 從未輸過，在陳學彤首次到訪家中參觀時一起打了十回合，果然都是高泳行贏。	E4,5
放學後眾人到球場打籃球，站在觀眾席的角落用超能力把籃球射中對面籃。	E5
在陳學彤跌倒擦傷後用超能力幫他治好傷口，被葉信言看到。	E5
葉信言急召莊幾何、陳學彤及高泳行一起開會，莊幾何不小心將陳學彤秘密調查一事爆出，高泳行判斷他和陳學彤不是朋友。	E6
陳學彤、莊幾何及葉信言到高泳行家中作家訪	E7
陳學彤、朱健明和區卓玲在探員 U 有關山海閣的影片中發現高泳行	E7
莊幾何獨自找校長查探高泳行的入學資料，但校長拒絕回答。	E8
莊幾何、陳學彤及葉信言開會討論高泳行的身世，陳學彤亦找來高泳行加入，二人和好。	E8

事件	集數
發現自己過去的記憶正漸漸遺失，但對於入學後在學校發生的事卻記得非常清晰。	E9
和陳學彤、莊幾何及葉信言相約江銳見面，被告知自己的身世、有關山海閣及上帝碎屑種植計劃的事。	E9
和陳學彤、朱健明和區卓玲一起祝酒發誓不將自己的事說出去	E10
花名變成魔法仔	E10
決心要變得普通，不再使用超能力，陳學彤、朱健明和區卓玲三人平時要幫忙提點。	E10
在 6C 班舉行 BBQ 派對時又不小心用超能力極速燒熟雞翼	E11

朱健明

PROFILE

登場年齡
約 17 歲
別名
豬 ming
演員
梁子

人物指數（5/5）
正向心態指數：4
社交能力指數：4
正義指數：4
情緒穩定指數：4
學術指數：4
思考力指數：4
體能指數：4
藝術及創造力指數：2

想法王座上的人生金句
把所有辛苦的事都當作是遊戲體驗吧！

事件	集數
在禮堂向陳學彤、葉信言介紹年度科學展覽「光線的旅行」大型橫額	E1
邀請高泳行一起籌備年度科學展覽	E2
幫高泳行起綽號做魔術仔	E3
叫陳學彤、高泳行一起打籃球	E5
和區卓玲在神秘學研究頻道探員 U 的影片中發現疑似高泳行的身影，並播給陳學彤看。	E7
和陳學彤、高泳行、區卓玲進行祝酒儀式，發誓不將高泳行的事講出去。	E10

區卓玲

PROFILE

登場年齡
約 17 歲

別名
大隻婆

演員
江慧楓

人物指數（5/5）

正向心態指數：3

社交能力指數：4

正義指數：5

情緒穩定指數：3

學術指數：2

思考力指數：4

體能指數：5

藝術及創造力指數：3

想法王座上的人生金句

不開心就去出一身汗，又是新的一天。

角色經歷重點事件

事件	集數
與莊幾何、朱健明在禮堂籌備科學學會年度展覽：光線與生命，表示光一定是直線行走。	E1
做宗教科專題研習時忘記幫 iPad 充電及沒有帶充電器，結果獲高泳行徒手幫 iPad 充電。	E3
約了陳學彤到朱健明家中玩，被陳學彤揶揄二人孤男寡女共處一室。	E7
和朱健明在神秘學研究頻道探員 U 的影片中發現疑似高泳行的身影，並播給陳學彤看。	E7
和陳學彤、高泳行、區卓玲進行祝酒儀式，發誓不將高泳行的事講出去。	E10
表示平時會提點高泳行，防止他再使用超能力。	E10

人物

Part 3

故事

六度圈與歌

人物小傳

1/ 余海

余海生前常常幻想自己的死法。

以落樓買飯盒為例，下樓時，他先會幻想自己墮軌。

然後他會因為好奇拿起電話，到搜尋器上搜尋如何在墮軌的情況下生還。

網上討論區的網民們會告訴他，可以嘗試在升降機著地的一剎那跳起，他也曾經這樣練習過，但是他發現人根本不會把握到升降機著地的時間。這是完全不可行的，基本上就是必死無疑。

於是他又拿起電話繼續一邊搜尋逃生方法，一邊準備過馬路，他抬高頭，又開始幻想自己過馬路的時候也在看手機，之後被車撞死。血肉模糊，四肢分離。但是這也沒有發生，他僥倖生存了，於是就來到對面街的茶餐廳。

他抬高頭，看到茶餐廳坐落的這棟大廈正在搭棚。他幻想棚架會塌下，然後把他壓死；又或是一支一支直插下來。但事實上棚架沒有塌下，於是他買飯，買飯的時候是安全的，至少他的想像力不夠豐富，想不到如何在店內下單的時候死去。

然後他拿著飯盒回程，又再重新把剛才的死法在回程的路上再幻想一次。

他總是有這些幻想，但是從來沒有像他想像那樣死過。最後他想不到，他是在床上暫時不知道原因地猝死的。

余海是個非常負面的人，內向、欠缺安全感、糾結於過去，但是無論如何負面，他也想不到最後他就這樣離去了。

之後的事或許大家也已經知道了。當他在陰間，於那些烏狐不在身邊，朋友們也已經睡覺了的寂寞時間，他總是停止不了繼續幻想。但是人已經死了，他可以幻想的，是如果他沒有死去，他會如何繼續「生」。生還、生存、生活。

余海死後常常幻想自己的生法。

也許他會像以前一樣，把頭埋在沙裡，如同鴕鳥，逃避一切，苟且偷生，以安全為生活的目的，欺騙自己已經很滿足。
也許他不會。
如果他知道自己真的會死，他幻想生前，他一定不會像那樣。
他會拿起電話，打給他的朋友們，約他們出來見面，吃火鍋也好，吃燒肉也好。
他會更熱衷於自己的職業。
他會對自己的家人更好。
但是他已經沒有機會了。

2/ 余海的大學宿友 馬利欣

　　很少人知道，馬利欣是個很努力的人。

　　早熟的她自小就覺得努力是做人的基本，沒有人應該販賣努力換取同情，所以她從來沒有太刻意把「努力」這回事演給別人看。正因為這樣，她更要努力把結果做好，只有結果可以印證一切，否則只會被人看不起。
　　被人看不起的原因很簡單，因為她長得好看。

　　小時候的她很陶醉於自己的美貌，事實上到現在也一樣。但小時候那種陶醉，是讓她忽略了人生其他自覺的一種狀態。
　　小學時親戚朋友老師說她長得很美麗的時候，她會飄飄然，覺得自己比別人優秀很多；直至中學時期，她參加了一個話劇演出比賽。

　　她對戲劇表演很有興趣，所以打從知道選拔開始，她就很認真地琢磨那個關於勇敢公主排除萬難打倒壞人的劇本，希望得到主角的席位。幾經辛苦，馬利欣如願以償，那天宣佈選角結果後，她非常高興地與她的朋友分享，好朋友們都好像替她很開心。他們在快餐叫了外賣薄餅回學校課室，一起慶祝這個令人滿意的結果。馬利欣覺得鎂光燈都照在自己身上，直至她在女廁的廁格，偷聽到了這幾個所謂好朋友在廁格外面的說話。

「馬利欣啊，能夠得到這個主要角色，能夠演出公主，只是因為她的外表很好看吧。」

「老師只是喜歡她的美貌吧。」

那一刻，她在那個女廁廁格，覺得人生頓時覺醒了。她並沒有傷心，也沒有憤怒。她只是冷靜地覺得，這個樣子，一定是她的優勢，也一定是她的負累。於是她開始明白她生命的任務。她要告訴全世界，長得美麗的人，不一定是蠢、不一定是懶、不一定是沒有才華。長得美麗的人是可以很出色的，同時還比一般的出色多一份姿色。

於是她一路進修藝術，好好畫畫，發掘了自己對於時裝和潮流的觸覺，大學時期入讀了時裝及紡織學系。她覺得那地方是自己的舞台，因為就讀這個學系的大部分人，都對外表很有要求，就算不美麗，樣子也很有個性很好看。只要在這個學系的成績夠好，就可以證明自己在一眾好看的人之間，也是特別出色的。於是她如上述提及，真的很努力很努力。只可惜，大學時期的她，不管有幾努力，都只得到了中規中矩的成績。嗯，人生本身就不是可以常常如願以償，不論美醜，不論努力與否。

這種中規中矩，令她有一段時間自信非常低落，直至在大學宿舍裡，遇見了身邊的幾個好朋友，和他們有了不同的經歷。這些人對她有時很好，有時很煩，但永遠真心。他們沒有在自己背後說三道四，沒有特別怎樣讚揚她，也沒有特別怎樣貶低她。這種不是以外在表現來經營的關係，原來對自己非常重要。這幾個人和她好好相處，並不因為她美麗與否，也不因為她努力與否。

是因為馬利欣就是馬利欣本身。

和他們相處的時候，馬利欣才知道，原來這樣才是真正接納了自己。

接納了自己，才會接納自己的美麗，接納自己的努力，也接納其他自己的差。

3/ 馬利欣的現任男朋友 邱浩澄

　　小時候朋友們不懂得讀他的名字，叫邱浩澄做邱浩橙，「阿橙」「阿橙」地叫，叫著叫著名字就變了做Orange。

　　他喜歡這個名字，因為他也很喜歡橙色。

　　橙色有一種開朗活潑、明亮精神、形象鮮明的感覺，這是他很想對外營造的自我形象，但他清楚明白自己內在並不是這樣的人。他哥哥反而是個橙色的人，從小到大他都在不停要與橙色比較的狀態之下成長，而他也有努力攀爬，想去到如同橙色的高度。

　　哥是籃球健將，自己也要打籃球，這樣就會得到身邊人的認同。哥名列前茅，自己也要努力讀書，才可以追上被安排的進度。哥十四歲就有女朋友，自己也要加把勁去認識女孩子。

　　邱浩澄一路追趕著自己的阿哥，但事實上以上這些目標，他一個也沒有達成。籃球方面，校隊沒有選上他；成績方面，不論幾努力讀書他都遊走在中游地帶；戀愛方面，他的初戀發生在二十四歲。那時候他在一間小型物流公司做文書工作，人手不夠的時候也要幫忙搬運。

　　不久之後他與初戀女朋友分手，物流公司生意不好倒閉了，人生走到了谷底，阿哥轉賬了五萬元給他，好讓他

過生活。他覺得自己是垃圾。別說要追趕自己的兄長了，他甚至要被接濟。

　　在完全失去方向的那天，他坐在海邊，打開串流平台，聽到一首叫做〈行路難〉的歌。演出的單位是一隊寂寂無名的樂隊。就這麼一首歌，他重複聽著聽著，忽然覺得，在這個令人疲累不堪的城市，應該不止他的人生會過得這麼艱難吧。這些人就應該很艱難很艱難，才會寫下一首這樣的作品。世界其實不是只剩下自己。甚至阿哥，應該也有艱難的時候。然後他想，反正自己學過結他，不如也試試寫歌，去告訴別人，自己也和他們一樣艱難吧。

　　阿哥給他的那五萬元，邱浩澄用來做好了頭幾首作品。一寫一唱，作品一路就做到現在。日子無常，地球轉個圈，鎂光燈打在自己身上，眼前忽然就有幾千個觀眾，大聲呼叫著 Orange。開朗活潑、明亮精神、形象鮮明的感覺，這是他很想對外營造的自我形象，裡面也混雜著紅色的血淚與黃色的稚氣。

4/ 邱浩澄的經理人 唐蔓琳

「Candy 姐姐，Candy 姐姐……」

印象中，從小到大都沒有人叫過唐蔓琳做 Candy 妹妹，有時想起這一點，唐蔓琳會有一種漫不經心的驕傲。畢竟自己非常擅長照顧人。

大概是由三歲開始？表妹出世，自己忽然變成表姐，三歲的她母愛大發，沒有經過任何人的指引，拿起奶樽，坐在沙發上，抱著表妹餵她吃奶，畫面可愛又溫馨。自此以後，家人們都叫她做 Candy 表姐。

升上小學，她沒有當上班長或是風紀，但自從小學三年班開始，她就是大哥哥大姐姐計劃的大姐姐。拖著那些小一小二的弟弟妹妹，放學的時候帶他們到校巴站上校巴，這小孩子把小孩子們都照顧得妥妥當當。

升上中學，因為成績不錯，中二開始就被老師安排擔任師弟妹的功課輔導員，一擔任這個崗位就去到畢業。所有人，有時候連老師都叫她做 Candy 姐姐。去到大學時期，在朋友們的口中得知，原來在日本動漫文化中，有一個名詞叫做御姊。嚴肅時有霸氣，放鬆時很體貼，懂得照顧別人，她知道自己就是這樣的一個御姊。

於是畢業後，她也做了與「照顧」相關的工作——並非任何護士類別，而是有趣地做了明星助手。本身只是朋友介紹的 freelance，但是做了幾次之後，她很享受這種

被明星需要的感覺，非常有成功感，而且燈紅酒綠的世界也讓 Candy 非常好奇。

於是就這樣一路攀爬，她就從 freelance 助手慢慢變成全職助手再變成經理人，她接不同名人單位的 project，有公司的人也做，獨立單位也做，人生教練蒙面先生也好，初出茅廬的當紅歌手邱浩澄也好，一些尚未一鳴驚人的模特兒與演員也好，她也好喜歡照顧。

一照顧就十年，她沒時間去想自己。

然後今年，Candy 誕下了自己的兒子。

有個晚上，邱浩澄開 show，Candy 也要去工作，忙亂之間收到丈夫的電話，說兒子從沙發上摔下來腫了頭。第一次遇到這樣的情況，她的心慌了。她發現，現場的一切忙亂都不是忙亂，這一刻只有她牽掛兒子的心才是真正忙亂。她衝了回家。

那個晚上，Candy 看著兒子，她忽然明白了一件事。

原來以前她並不是喜歡照顧人。

以前她只是喜歡「被需要」，被需要是缺乏安全感，是以「提供別人安全感」來「爭取自己的安全感」，這和照顧是不一樣的。

眼前，她只有一個人真正想照顧。

一生以來，她只有一個人真正想照顧。

第二天，她辭掉了自己的 full-time 工作。

5/ 唐蔓琳最好的朋友 林善

抑鬱症人概康復之後，林善的物理生活正式 move on，但她始終沒有停止過想念意外過身的前男朋友，就算她已經展開了下一段戀情。

因為「情感上的猛烈衝撞」，令她很努力地「尋找屬於自己的答案」。

「情感上的猛烈衝撞」，分成三部分。

一、是愛。是她真的很愛現在的男朋友，甚至視他為結婚對象。

二、是掛念。是她仍然很掛念意外過身的前男友。事實上他們也沒有真正分手，所以林善有時說不出「前男友」三個字。

三、是內疚。是以上兩點的情感矛盾為林善帶來的內疚。不論是對現任的不公平，還是對前任的抱歉。

不過她只是很「內疚」，而不是「後悔」。「後悔」是寧願自己沒有做過，而「內疚」是「做了就做了啊」不過內心深感抱歉。沒有哪個比哪個痛苦，只是在抑鬱症康復之前，林善應該會選擇去「後悔」愛上了下一個人，然後選擇黯然離場（又或是根本控制不到自己的選擇）。這就是分別。

至於努力「尋找屬於自己的答案」，她發現，知識很有用。不論對於她的情緒，還是對於她的身心靈事業。作為水晶專家以及塔羅師的她去讀書了，去修讀了一個心理學的學位，在書局買了大量哲學、歷史、生物學、地理

學、人類學甚至量子力學的書，例如近來她就買了一本書叫做《大千世界奇聞錄》。這些知識與她的身心靈角度融會貫通之後，她更加清楚知道什麼應該信靠，什麼應該堅持。

更重要的一點是，這些學問首先讓她了解自己更多。她會問自己，在這些學問的層面上，為什麼現在的自己是現在這個樣子？

自己是什麼？

這個問題其實包含很多問題。你的名字、你的職業、你的崗位、你是誰人的兒女、你是誰人的誰人、你的歷史、你的文化背景、你的生理構造與分類、你在地球的角色等等等等。林善在學問中找答案，從而更加了解到世界，了解到世界之大，了解到自己有幾多不了解。

世界這麼大，不了解的太多了。她區區一個人，那些情感上的衝撞，林善肯定自己也不了解。

但……又或者時間和空間會給予答案，所以就這樣吧。
好好感受，一、愛，二、掛念，以及三、內疚吧。至於後悔，她暫時不想讓自己後悔。

6/ 林善的責任編輯 梁錫權

夢想呀熱血呀信念呀，對近幾年的梁錫權來說，都是屬於年輕人的東西。

四十有五了，工作畢竟是工作，責任感有是有，但僅限於工作責任，做得到的、有錢賺的就盡做，什麼突破局限、超越自己，這些口訣說出來就好聽，現實是生活逼人，女兒還在讀中學，可以的話也想送她到外國，所以還是錢最緊要。

能夠賺到錢的作者他就接洽，有利可圖的書他就出，尤其是這些日子已經沒什麼人買書了，很難還要攀談什麼社會責任。

去年他編輯過最受歡迎最好賣的書叫《絕望中的放棄生活之道》。

比起與他一直持續合作的作者莫言憂推出的那些奇幻小說與散文，又或是另一位他新簽回出版社的作者林善推出的那本處女作塔羅教學書，《絕望中的放棄生活之道》實在好賣太多了。

用整整 300 頁的篇幅就是教人放棄，放棄學業放棄事業放棄感情放棄社會放棄自己。

應該是正中了這個時代的下懷吧。

大家太需要一個原因放棄，或者合理化自己的絕望。

這本書推出的一個月之後，公司新聘請回來二十出頭的一位熱血編輯，忽然辭了職。梁錫權認為這個新人雖

不是特別聰明，但就是有股蠻勁，做編輯也是此人十年來的夢想，所以梁錫權對他特別照顧。

新人交辭職信那天，梁錫權約他吃了個午飯，打算問清楚原因。新人告訴他，就是因為他讀完了《絕望中的放棄生活之道》這部作品。

他認為作者所言甚是。

反正世界都沒有希望了。

他說，「活在當下」全新的定義就是把一切放棄。這樣就是放下，就是看化。

梁錫權有點激動地提醒新人，他才剛剛展開他的事業之路啊，一切也尚算順利，真的這樣就放棄了嗎？

怎料新人只是說了一句，都沒所謂了，就低頭靜靜吃飯。

那個晚上，梁錫權回家想了很多。

他想起自己的女兒梁芳橋。梁芳橋是個很熱血的孩子。如果女兒也看了這本書，也和出版社新人一樣，萌生了所謂放下的念頭，自己也許會很心痛吧。

然後他又回想自己。

放棄。

來到這個年紀，他又放棄了幾多成的「自己」呢？

現在的自己，是在做對得起自己的事嗎？

所謂負責任，是為工作負責任，還是應該為自己負責任呢？

放棄大概是很中性的詞語。他想。背後更重要的是用什麼心態放棄。別說什麼盡力與否了，但自己有真的享受

過，才選擇放棄嗎？放棄應該是比起堅持更困難的動作，需要有更大決心，而不是隨口就行動。

　　他想了一整個晚上，放棄了為《絕望中的放棄生活之道》這大熱作品再版或推出續作的念頭。

7/ 梁錫權旗下的作家 莫言憂

　　大家都知道頭髮蓬鬆、永不燙衫的莫言憂是個很憤世的作家。

　　好像已經是一個無法改變的事實了，莫言憂這個人，看什麼也不順眼，瑣碎至大廈保安或的士司機，老弱傷殘或良家婦女，去到大是大非、生離死別、宇宙洪荒，莫言憂都有彈劾與憎恨的空間。

　　以往莫言憂的社交媒體上充滿洩露大量怨氣與攻擊性的言論，基本上沒什麼建設可言。作為作家，他有時候為了糊口，會寫一些比較正面比較有希望的小說作品，編輯梁錫權經常笑說，莫言憂已經把人生所有的「好」都虛偽地寫在作品中，其他時間他散發的都只有「壞」。當然並不是指他是個壞人，而是他的視覺，只有「壞」的視角。

　　大家對他的看法沒什麼改變過，但莫言憂近幾年活得其實頗快樂，因為他知道自己的心態其實有一點不為人知的小改變。
　　當然，本性難移，他的眼裡仍然有很多壞東西，但莫言憂覺得隨著年紀增長，已經少了很多憤怒。

　　莫言憂換了一個看待事物的模式。
　　他開始同情周遭的人和事。所有看不順眼的東西，都是慘的。當中的重點是加入「想像」。

　　排隊打尖的老人一定活得很可憐，這樣活得霸道又

沒規沒矩，社會一定接納不了，家人也會討厭，子女也會拋棄，似乎將會孤獨地渡過剩下來的時間。

慘。

那些在巴士上不戴耳筒聽歌的中年人一定活得很可憐，是因為世界已經對他們不再有注視了，另一半又只會打牌沒有給予關心，所以才會用電話喇叭大大聲爭取自己的存在感。這些人只會一天比一天更透明。

慘。

在地鐵裡跑來跑去推推撞撞的小孩子一定活得很可憐，因為他們沒有家教，性格逐漸崩壞，長大後一定誤入歧途，一不留神行差踏錯就要坐監了。

慘。

那些在網絡上胡亂發言的人一定活得很可憐，是沒有朋友、沒有生活、沒有人生意義，才要依賴著手上的智能電話過生活。這些人會把現實世界與網絡世界混淆在一起然後出現精神問題，最後孤獨地崩潰。

慘。

梁錫權說，莫言憂這樣是中二病，但他卻仍然享受這樣看待事物的方法。至少這個崩壞的世界自此不再令他這樣憤怒了。

慘的人就由他慘，與自己毫無關係，可笑的就笑一笑。

當然，事實上，這種帶有強烈詛咒成分的想像，究竟是不是令莫言憂比以前更憤世呢，我們也很難判斷。

畢竟莫言憂，就是這個永遠的莫言憂啊。

8/ 莫言憂的死對頭 毛力持

「做個好人」──這是毛力持人生的座右銘。

做個好人，本質上不是一件很難的事。
也許扶婆婆過馬路已經可以是好人。
也許讓座已經可以是好人。
也許好好孝順父母已經可以是好人。
也許對妻子專一已經可以是好人。
毛力持覺得自己有做足夠的「好人工夫」。
然而，他沒有發現，人生真正困難的，是怎樣去定義「好人」是什麼。

每個人一路走來有不同的故事，自然就有不同看待事物價值的方法，大家做所有事都有自己的原因，這個世界應該沒有人立定決心要「做個壞人」。於是，以「做個好人」作為人生座右銘的毛力持，卻是全世界眼中的大壞人。

但其實每個人都很輕易就可以設法為自己被當成大壞人這回事開脫。某個晚上，在毛力持被死對頭莫言憂指著額頭說自己是壞人的時候，他在網上看到一幅漫畫，我想大家也有看過，對白大致上是這樣：
「就算是再好的人，只要有在好好努力，在某人的故事裡也可能是壞人。」

毛力持被這句說話深深撼動了。
我不過是很努力！他想。

作為電影導演，有時候他為了錢背著良心說話，顛倒是非，說三道四，霸道而無理取鬧，教壞小孩，剝奪後輩的機會，籠絡有權有勢的人去爭取有更多的權力，爭取得到更多認同，爭取有更多受眾，其實也不過是想斷定自己的地位，養妻活兒出糧給同事，不想被時代的洪流一刻沖走。

中年男人，要好好去肯定自己的價值，而且也要令工作夥伴們能夠享受努力的成果，難道這樣做就是壞人嗎？

這些都只不過是「做好人」的犧牲，「做正確的事」的妥協。所以他堅持自己是個好人。

只不過，像「就算是再好的人，只要有在好好努力，在某人的故事裡也可能是壞人……」這樣的漫畫對白，背後可以有很多潛台詞，也可以有很多邏輯謬誤，也可以有很多不同的演繹。

也許毛力持沒有搞清楚的是前提，如果他根本就不是那個所謂「再好的人」呢？太多人對這句說話有共鳴，卻沒有發現自己不符合前提。

至少那些他腦海裡所謂「做好人」的犧牲與妥協，其實更貼近是純粹的自私。

9/ 毛力持的影迷 文國森

　　穩定，穩定很好，文國森半生做學術，帶著這個原則，是個快樂的人。

　　努力讀書，努力升學，二十多歲就結婚生子，一家和睦，一路在大學教書又過了十多年，收入不錯，活得簡簡單單。

　　文國森沒什麼高尚的興趣，閒時喜歡與一班中佬朋友踢足球，最喜歡一家人到鯉魚門吃海鮮，飲飽食醉。假日回家看喜歡的電影也很開心，港產片居多，特別欣賞本地導演毛力持的作品，可以說是他的影迷，每一套都看過至少五次。

　　好笑嘛，屎尿屁加兩句粗口，就好笑。做人，有得笑最緊要，深度就留在大學用，用完就算。

　　穩定，穩定很好，穩定最重要。但是在大學教書，又很容易受到學生價值觀的衝擊，衝擊他的穩定。第一次衝擊是私事，他與一名女學生搭上了。

　　畢竟穩定很悶，結婚七年總有痕癢的時候，那時候也有種「是不是一輩子也會這樣過呢」的掙扎，所以當遇上了性格剛烈正直的女學生，居然動了一點真感情。也有想過不如正式試一次與世俗觀念背道而馳，但事實是穩定太好了，回家老婆煮好飯有湯水，湯喝多幾碗，如懵仔水，他就放棄了反叛的念頭，回去與學生說清楚，一刀兩斷。

第二次衝擊關於大是大非。學生們很激進，全部都瘋了，一個二個，沒有尊重過學校，沒有尊重過長輩，沒有尊重過他一直建構的穩定。

　　那些激烈的晚上，他在家開著冷氣一邊吃雪糕一邊上網，閱讀他的同溫層的文章。導演毛力持出 post 大罵學生，他沒有多想就給了個讚。導演是權威，名人就是對，對得很，世界就是需要這種正義的聲音。

　　然後他繼續瀏覽社交媒體，又看到了當時那個自己喜歡過的女學生出 post。這人剛踏出社會，那時候是個娛樂記者，區區一個娛樂記者，卻站在道德高地批鬥權威。文國森心想，當時沒有真的與她搭上，真是太好，真是最正確的判斷。這些破壞穩定的垃圾世代，才配不上如自己一樣的知識分子。

　　女學生在社交媒體質問，質問為什麼穩定就是好，質問為什麼權威就是對。女學生認為文國森這一代人追求的穩定，反倒是建構了下個世代的不安，批判一代人追求的簡單快樂，剝削了另一代人的簡單快樂。但文國森沒有仔細閱讀。

　　他關掉電腦，打開電視，繼續播放毛力持的電影作品。這部作品他看了六次，劇情倒轉也會背，仍然是屎尿屁粗口橫飛，但也很 ok。
　　人生如同看完再看的電影，穩定，穩定很好。

10/ 文國森的曖昧對象 楊嘉兒

　　小學的時候，楊嘉兒與婆婆一起坐在客廳收看大台的電視劇，曾經聽過這樣的一句噁心的對白：「有公主做，有邊個女人唔想做公主？有邊個女人唔想有童話式嘅完美愛情故事？」

　　她走入房，打開衣櫃，拿出了一條白色公主裙。是遠房親戚在公屋街市買給她的，五十元正，講了五蚊價。
　　那時候她仍然沒有時裝觸覺或是關於價錢的概念，純粹覺得，要做公主的概念真是奇怪極了。
　　對於那句對白，她有很多不明白的地方。
　　她開始質疑。

　　所有女人都是一樣的嗎？
　　都有這樣的想法？
　　愛情故事要童話式才算完美嗎？

　　質疑是理性的開始。
　　一開始這樣質疑，屬於楊嘉兒的理性分析世界就打開了。她不認為所有女人都要做公主。她甚至不認為人都一定要有愛情。就算有愛情，都可以有很多款式的關係。她開始與世界辯論。

　　但千萬不要誤會，她不是獨身主義者，只是她不認同在「某種東西」要來臨之前，就要先籠統地定義了自己與那「某種東西」。這是她分析了各種關係定義之後的看法。

分析分析分析，一路長大，她甚至認為這個世界沒有所謂「對的人」的概念，因為「對的人」都只是一種定義。人自己本身或是相互的關係，都是變化萬千的。

　　帶著這種理性與實驗性，楊嘉兒的感情生活⋯⋯反而有點複雜。例如與大學教授搞曖昧，差點做了第三者這些事，都令她捲入過非常抑鬱痛苦的漩渦。但是事過境遷，她的處女座理性又會告訴她，捲入過這些漩渦，都是經歷，是可以的，不要後悔。

　　就這樣，她捲入了幾次這樣的關係：
　　關係展開 > 有點複雜 > 理性思考 > 變得抑鬱痛苦 > 理性思考 > 離開 > 更加抑鬱痛苦 > 理性思考 > 慢慢平復 > 過渡 > 理性思考 > 無怨無悔

　　由此可見，要令自己無怨無悔，中間要經歷很多次理性思考，分析分析分析。只不過，又或者我們倒轉頭去看，就是要這樣分析分析分析，經歷很多次理性思考，才成就到這樣一個無怨無悔的楊嘉兒吧。

　　當然，我們都知道——
　　在楊小姐最近來的一段關係中，有人似乎令她稍為放飛了理性呢。

11/ 楊嘉兒的現任男朋友 張日寬

小二的同學走過去問「Biscuit」怎樣串，張 sir 是會把這個字串成 b-i-s-s-c-u-t 的那種老師。

小四的同學走過去問什麼是 LCM 與 HCF，張 sir 是會忽然想起不如與女朋友一起去吃 KFC 的那種老師。

小六的同學走過去問畢業典禮要做什麼表演好，張 sir 是會叫他們去買監獄囚衣一起唱〈友誼之光〉這種作品的那種老師。

大概因為常常發生上述類型的事，張 sir 有時會被校長大力訓斥。只不過，這個貌似嚴謹的光頭校長教訓完張 sir 後，卻常常會向副校長說，張 sir 這個老師，沒什麼好。就是對學生好。

這樣就很足夠。

校長看得出來，他並不單是純粹對學生好，逗學生開心，而是真的希望學生能夠變好，成為一個好人。

校長心裡知道，張日寬教書很一般，但卻會花很多時間去引導學生做個善良、溫柔、正直的人。

小一的同學在學校後花園胡亂採摘花草樹木，張 sir 是會到圖書館借幾十本關於植物的故事書，慢慢讀給同學聽的那種老師。

小三的同學在小息的時候因為買零食而爭執，張 sir 是會買道具在課室剪剪貼貼，製作一個學生法庭和同學講道理解決紛爭的那種老師。

小六的同學之間發生欺凌事件，張 sir 是會逼全班同學圍圈坐在一起，逐個逐個吐露心聲，逐個逐個道歉，逐個逐個擁抱的那種老師。

　　每當這個人又闖禍了，副校長常常對天咆哮，為什麼張日寬這種人會做到老師？

　　光頭校長卻會拍拍副校長的膊頭對他說，嗯，還好有這種人做了老師啊。

12/ 張日寬的大學宿舍學兄 莊幾何

　　莊幾何性格外向友善，於讀書時期學業成績優異而且參加很多課外活動，是個一等一的模範領袖生。

　　及至到大學，他也是個非常受歡迎的人，只要有莊幾何去的活動，大學同學們都會因為想和他一起玩而參加活動；他真的沒有想到，現在要融入中學生的圈子是這麼艱難。

　　畢業後，他是一名中學科學科老師，一開始教書初出茅廬的階段，大家年紀相差不遠，自己也好像有點長不大，他和同學們相處融洽，一切順利；但是隨著年紀漸長，教職漸多，他開始有一個很少跟別人分享的小煩惱。

　　他發現要「知道」同學們喜歡什麼東西不難，但是要「了解」這些他所知道的什麼東西就比較難了。去到再後來，連「知道」也有點費力氣。

　　簡單來說，就是明明很用力，就是追不上同學們的潮流。

　　其實莊幾何也知道沒有這樣的必要，教書教得好就好，但是他心底裡有一個孩子，好勝地不想被時代洪流沖走。

　　那些孩子們現在用的最新社交媒體，他真的很想用得手到拿來；那些樂壇組合有幾多個成員，他真的很想完全背熟；那些什麼大癲、什麼世一，他很盡力講，但有時候就是感覺不協調。

不過這種煩惱……實在有點難宣之於口，同事們會說：「老師就是老師，成長就是成長，人生就是有階段啊～」這一點莊幾何也明白，但是為什麼「成長」就是脫離時代的潮流呢？「階段」是由什麼人定義呢？他就是喜歡就算再老多十年八年，也努力在時代洪流中暢遊，就是喜歡用盡力和學生打成一片，不論成功與否。為這些無聊事有這種堅持，才是莊幾何自己！

　　於是，那一天，他打開串流音樂平台，嘗試聽聽中學生們推介的音樂作品。

　　有些好聽的，有些難聽的，但就是要聽。他心想，才不要因為年紀封閉自己的耳界和眼界。

13/ 莊幾何的學生 陳學彤

　　陳學彤是個生於社交媒體世代的高中學生，喜歡拍片記錄校園生活，同學們都覺得他樂天開朗，卻沒有人知道他的興趣背後，有一個有些黑暗的故事。

　　初中的時候陳學彤又矮又肥，性格比較內向，班中有幾個體型魁梧的風頭躉學生，總是把他當成欺凌對象。起初是基本的推推撞撞，後來是搶他的功課來抄，再後來是搶他的午餐。「肥仔唔好食咁多嘢，大家都係為你好」，天天都是這樣的對白。

　　那時候懦弱的陳學彤不敢反擊，只懂得逆來順受，天天都覺得自己是最可憐的人，散發著一種「麻煩有人來同情我、拯救我」的氣場，但是一年過去，兩年過去，卻仍然未遇到拯救他的人。

　　直至到中二那一年，父母送他人生第一部手提電話，他珍而重之，沉迷在遊戲的世界，在遊戲中成為受歡迎的人物他就非常滿足。有一個午飯時間，欺凌他的同學又走過來，這次除了搶了他的午餐，更把他的電話摔在地上，電話壞掉了。

　　那一刻，陳學彤終於不止覺得自己可憐，更是覺得憤怒。推推撞撞可以，抄功課可以，甚至不吃午飯也可以，但是電話非常重要，要玩遊戲非常重要，這已經越過了他的底線。於是他展開復仇大計。

他用僅餘的零用錢積蓄到旺角把手提電話修好，然後整整一個月假裝沒有帶電話回校，其實是把電話放在儲物櫃裡面，每天偷拍午餐時間自己被欺凌的畫面。

被搶東西，被打被鬧他也沒有怨言，他甚至刻意做些小動作，令欺負他的同學變得更激動。有一次他們把他推倒在地，令他的眼角受傷流血。陳學彤心想，畫面足夠了。

一個月後，他把這些畫面全部存入電腦，再把這些片段完美剪輯，匿名寄給老師與校長，更在匿名信中寫道，如果學校不處理這個欺凌問題，將會把片段上載至互聯網。就這樣，幾個欺凌者被記了大過，其中始作俑者更被踢了出校。

復仇大計完結，陳學彤回想以往的自己，實在可憐又可惡。根本只有自己可以幫助自己，為什麼要渴求別人拯救？他開始積極減肥，開始改變性格結交朋友。他的第一個朋友是初中已經同班，坐在附近，自己卻沒有主動伸手交友的朱健明。從朱健明身上他感受到友誼的美好，更令他真真正正喜歡了拍片。他非常享受把友誼記錄下來的樂趣。

直至到畢業，陳學彤仍然在拍片，而他並沒有告訴身邊任何人，那些匿名的片段與信件，其實是自己寄出的。

14/ 陳學彤的同學 王浩聲

　　王浩聲在很小的時候就發現了這個社會有個奇怪的現象：人們外表好看的程度會構成自然組成的組合。

　　除了選美比賽，這個世界其實沒太多個人的外貌評分的機制，但事實上看上去差不多分數的人，根本會自然互相吸引，形成朋友圈子或是成為情侶。

　　王浩聲知道自己長得算帥氣，懂得打扮，而且年紀小小已是略有名氣的學生 YouTuber，在沒有刻意挑選的情況之下，一直也和學校裡比較好看的人組成朋友圈子。直至一次，機緣巧合，他加入了學校的廣播劇社，社內的同學們可以說是……三尖八角。

　　起初他和這些人完全不能溝通，但是慢慢經過相處，大家卻在互相理解之後成為好朋友，而更奇妙的心理變化就這樣發生了。

　　從來只有女孩子喜歡上自己，拍過幾次拖也是被追求的一個。這樣一個大受歡迎的中學生，當然有種驕傲的玩世不恭。但不知怎麼的……那個有點粗魯、說話非常大聲、樣子不好看、身材不出眾的廣播劇女社長，就總是在自己的腦裡揮之不去。王浩聲不自覺地做出很多舉動討好這個女學生，也有約她去吃飯去逛街，明明感覺就是身處完全不同的世界，每次約會完都有格格不入的感覺，卻總是很期待下次再去玩。感覺就像一不小心被一個洶湧的愛情之浪狠狠地掩蓋了！

直至畢業的那天，廣播劇社的成員在校園內玩 Truth or Dare，有一個社員居然問了社長這樣的一個問題：「如果要在我們劇社內列出一個男朋友排行榜，你會怎樣選擇？」社長居然這樣回答：「徐一鳴……楊見聰……袁展球……最後……王浩聲吧！」

　　當時王浩聲內心的劇場瘋狂上演，腦袋接近斷線。除了是因為喜歡的女孩子竟然會不喜歡自己，更是因為自己輸了給社內所有其他男生！他好想問一句為什麼為什麼為什麼，但最後他沒有。

　　他很擅長調整自己的心理。

　　他心想，好吧，人以群分真是正確的啊！還好快要畢業，有潮漲就有潮退，就讓下一個青春暴烈漫長的浪湧過來吧！

15/ 王浩聲的偶像 探員 U

　　關於探員 U 的過去……實在有很多暫時不能曝光的資訊。

　　他的 YouTube Channel 也非常神秘，從來沒有用真面目示人，一直也只是用網上相片來製作影片，配以自己的聲音導航，並沒有賣弄很多繽紛搞笑的畫面；只不過，有趣的神秘學及陰謀論內容近年成為了潮流，在人們相信與質疑之間，他的影片吸引了很多老中青的粉絲，包括王浩聲在內的很多學生。這令他成為冒起得很快的新YouTuber。

　　我們能夠在這裡透露關於他的過去，就只有小時候的探員 U 曾經擔驚受怕，所以對於生命一度失去希望。後來他因為一些原因獲救，在溫暖的成長環境渡過了青春期，令他對生命重拾了信心，長大後更有一種要幫助年輕人的使命感。

　　有這種使命感很好，口說要幫助也很容易，但著實應該怎樣做呢？可以有什麼行動呢？如同這個城市很多不同的成年人，很多人都想幫助這一代的年輕人，但是實在舉步維艱，有很多掣肘，也有很多與人身安全攸關的決定，所以他必須想得很清楚要怎樣做。

　　要把所有真相說出來嗎？就算說出來，又有人信嗎？沒有人信，說出來又有什麼意思？

一路在這些糾結中掙扎，一天在 YouTube 瀏覽時，他看到了一些神秘學的 channel 與影片。然後他心想，就算沒有人信，或許他也應該嘗試用這個方法，去改變人的價值觀。

　　把這些他所知道的事說出來吧。

　　就算人們沒有完全盡信，就算人們只當他說的故事是娛樂，是茶餘飯後的話題，這些奇異的故事，可能有趣，可能怪誕，可能荒謬，可能可怕，也有可能開拓了年輕人思考的可能性。

　　即使只是在堵塞的道路之間，開闢了一條透光的小小罅隙也好，也是一種信念的小小可能性。這是娛樂的重要性，這是茶餘飯後話題的重要性。

　　你有沒有發現？人看到一些理性上覺得不可理喻、完全不可置信的故事，總會在心底裡種下了一顆種子，植了柔弱的根。這些光的罅隙，能夠幫到一個人就是一個人。

　　也許會成為了那個人的救生索。

　　因果輪迴論會成為某些人的動力，報應論會成為某些人活下去的原因，邪鬼之說會成為某些人不做壞事的根據，神佛之談會成為某些人堅持的核心。

　　於是探員 U 努力拍片。

　　總有一日，我們能夠無畏無懼地把他的過去說出來。

16/ 探員 U 的健身室之友 劉子源

劉子源是一個有很多喜好又外向的人，說起他，朋友們總會想到很多關鍵詞，但第一個在腦裡出現的詞語，一定是「有錢」。

住在幾千呎的大宅，家裡有幾個廁所和花園，而令朋友們感到最震撼的，是他有管家，連管家的兒子也是他的管家。他並不覺得這有什麼值得驚奇的地方，畢竟管家就像朋友們請菲傭，只是名字不同罷了。

老管家退休後一直在劉家大宅裡生活，主要工作由兒子接手了。小管家會打理家頭細務也幫忙打理家中的生意。在劉子源搬出去獨立生活之前，這幾個人都是在大宅裡一起生活。

雖說老管家已經退休，但劉子源依然非常依賴他。他會叫小管家出外買東西，處理家庭生意的工作，然後吩咐老管家煮飯打掃，老管家又樂得這樣做；直至終於有一天，和劉子源一起成長、性情嚴肅沉穩卻有話直說的小管家忍不住開口，告訴劉子源希望他可以稍為讓自己爸爸多休息。他說，爸爸畢竟年紀老，而且其實也退了休，可以的話就不要再吩咐他工作，讓他安享晚年。

然而，劉子源卻完全沒有這樣做，更有點變本加厲的趨勢。他又叫老管家洗碗，又叫老管家抹地，又叫老管家熨衫，令小管家非常不滿。正當一次小管家想大發脾氣喝罵劉子源之際，卻被老管家阻止了。

老管家說，劉子源是一個不懂得表達愛的人。從小看著他長大，一早就知道他在想什麼。他不過是不忍看著老管家變老，不忍老管家失去自身的價值，所以在不斷吩咐他。

「他叫我幫忙，其實是在幫我。」

老管家這樣說。

小管家反了一下白眼，心想，這兩個人……喜歡怎樣就怎樣吧。又的確，劉子源就是這樣的人。

17/ 劉子源的前下屬 康志德

康志德在某大銀行的 IT 部工作，工作壓力非常大，人生活得很勉強。

正確來說，他的人生壓力與勉強程度，基本上從來沒有少過，從小到大他都常常心跳、手震、失眠。

小時候是個胖子，樣子不好看，唱歌五音不全，做運動動作又慢，搞藝術手腳又不協調。他的父母當然關愛他，但他們說話老實且不饒人，常常對他說，以他這樣的資質與外形與天分，不好好用功讀書，長大後真的不知怎麼辦好了。他們也有點內疚於自己沒有把最好的質素遺傳過去，所以一直都用盡心力供養他讀好書，給他不錯的物質生活。

康志德也知道父母說的是事實而且都盡力了，所以他確實有生性有努力。但是他真的差不多是用了其他人的二十倍的努力，才勉強成功入讀一所本地大學讀電腦科，也交了一些同樣被標籤成感覺很電腦系的朋友。

然後畢業了，康志德很努力地為見工做準備，花了很多錢買了套好看的西裝去面試，成功進入了一所本地銀行做 IT 部，那時候一家人都覺得前路一片光明。後來，沒有什麼光明不光明的，只剩下非常勉強，日子悶而苦。在不斷地教導其他銀行職員開機關機重新連線上網的一段日子，他才發現自己一輩子都在勉強自己。

但每個人都有自己面對生活的方法，只要你甘心就好。你問康志德是個怎樣的人呢？他就是個逆來順受的人。就是知道人生壓力很大而不斷勉強自己，仍然只會哈哈笑，不斷地說笑話的人。

　　對，康志德很喜歡說冷笑話。大學朋友們都覺得這些笑話有點煩，又不好笑，但大家都理解。有時候說一個笑話，就是哄自己笑罷了。笑了，也是笑自己不好笑而已。人活著不過就是這樣。

　　人生不一定是勵志的。沒有人說努力之後一定會成功，沒有人說逆來順受會換來好結果，壓力很大不一定有回報，勉強自己奮鬥下去也不一定是熱血的事。康志德知道自己不是一個勵志故事，不如笑了就算。要承受生命的痛苦，人選擇怎樣的面對方法也可以，自己甘心就好，不喜歡又如何。

　　性格問題，康志德說，他甘心，因為他活著，還可以說一些不好笑的笑話，至少。

18/ 康志德的母親 周淑芳

「芳姨，餐蛋治！」「芳姨，凍檸茶走甜！」「芳姨，沙嗲牛米！」

「收到收到！」

芳姨的每一天，基本上都是一樣的。

落單、水吧、收銀，全都是芳姨，丈夫老康在廚房煮呀煮，重重複複，茶餐廳這樣就開了三十多年，兒子康志德都三十歲了。

忙著的時候都沒有時間慨嘆什麼生活，等過多幾年退休就好，一家人算是相處融洽，內心踏實。大概一兩年前，茶餐廳旁邊開了一間叫「Last Seen!」的精緻主題咖啡店。以往常常來幫襯的學生們都到咖啡店去吃午餐，生意被搶了一部分，倒也沒什麼所謂，但出於好奇，那一天芳姨走了過去看看咖啡店是什麼料子。

咖啡店裡坐在收銀位的馬小姐是個年輕貌美的時尚女子，望上去有點眼熟，有時候有些學生會要求和她合照，似乎是年輕一代喜歡的那些什麼 KOL。馬小姐好像很悠閒似的，沒事幹就自拍，講講電話，揀些流行音樂在店子裡播。芳姨把一切看在眼裡，居然有點羨慕，一瞬間想起了年輕的自己。三十年前，我比這個女孩子應該更好看吧。也許會更受歡迎。

嗯⋯⋯過多幾十年，這個女孩子⋯⋯會變得像我一樣嗎？可能會吧，那麼⋯⋯像我一樣，是好，還是不好？可

能是不好吧。一條水桶腰，滿臉皺紋，腰痠背痛，有什麼好？她一邊想，一邊看著那杯 $50 的黑咖啡，心想，超貴。芳姨喝了一口咖啡，都不過是咖啡的味道，明明是一樣的咖啡，她不明白為什麼咖啡店的咖啡就特別矜貴。

啊，不過矜貴這東西，有時是選擇來的。把價錢定高一點，人們自然覺得矜貴，對吧？而茶餐廳就不過是茶餐廳。為什麼我沒有選擇矜貴呢？

我選擇了什麼呢？

馬小姐的電話鈴聲突然響起，芳姨回一回神，下意識低下頭喝咖啡，不小心偷聽到馬小姐講電話的內容。

「今天又不能見面嗎……好啦好啦，你先忙你的事。不要緊，你忙是好事。嗯。啊……這樣……下個星期的晚飯也要改期吧……也沒辦法啦。Ok 呀，沒有問題，我自己找朋友吃飯也可以。嗯。Love you，byebye。」

馬小姐收了線，低頭發了一會兒呆，然後又拿起電話玩。芳姨看在眼裡，又再問自己一個問題。

我選擇了什麼呢？

她埋單，回到茶餐廳，兒子康志德剛剛收工，過來陪父母做晚市的生意，丈夫老康煮好了晚飯，走味精，端給芳姨和兒子吃。

芳姨發現，自己一早選擇了另一種矜貴。

19/ 周淑芳食店的客人 任可哲

　　你有沒有遇過一種對萬事萬物都好像沒有感受，異常冷漠，像機械人一樣的人？你或者會覺得這種人能木無表情一定是因為內心很強大，所以才可以對世事都不為所動。但是，任可哲認為事實恰恰相反。

　　任可哲是個悲劇人物，從小到大都沒幾多朋友，只有自小相依為命的父親與一個青梅竹馬在身邊，近年兩人卻因不同原因意外離世。他們的離開動搖了任可哲的防衛機制，他開始明白自己並不是強大，而是尤其脆弱，所以才在周圍築起了圍牆。

　　剩下了自己一個，身無責任兩袖清風，他終於決定了為自己而活。那天，他把必需品塞進背囊，就輕裝上路去一趟遠行。

　　這趟遠行很特別，是一趟超乎現實的遠行。於這部記錄裡我們不能言明整個過程，但是他找到了一個中介人，有不同的儀器裝置可以引領他穿越不同異世界。中介人也不是什麼善男信女。有很多個世界，她自己不敢去，就派任可哲去研究看看，而任可哲也樂得這樣做，反正自己也豁了出去，沒有什麼好害怕。

　　只有一次令任可哲有所疑慮。

　　三分鐘，中介人說，道路只可以開通三分鐘，請你去地獄走一趟。

地獄是個什麼概念？任可哲不知道，中介人也不知道，只知道找到了地獄之門。這是一次可一不可再的研究機會，她半逼半哄，再半推半就之後，任可哲硬著頭皮就闖了過去。三分鐘後他安全回來了，他頭痛欲裂，流著兩行淚水，思緒混亂，只剩下一些瑣碎的片段。

　　地獄是白色的。

　　什麼也沒有，除了兩條屍體。一條是爸爸的屍體，一條是他最好朋友的屍體。兩條屍體極速腐化，然後回復原狀，然後再腐化，然後再回復原狀，但是無論如何變，都只是屍體。

　　的確，這就是任可哲的地獄。對他來說太痛苦了，比起他原先想像中那些勾舌根、火燒心的肉體痛苦更痛苦，他想起來就想不斷嘔吐。

　　任可哲把一切告訴中介人。

　　中介人皺起眉頭，側了一下頭，看了看手頭的研究裝置，嘴角泛起尷尬的微笑。

　　啊，不好意思。原來開啟地獄之門的工序失敗了。我只是不小心開啟了一個把噩夢重複記錄的裝置。真不小心呢⋯⋯

　　那麼，地獄究竟⋯⋯是怎樣的呢？

20/ 任可哲的協助者 古詩婷

　　人們都覺得古詩婷神秘、冷傲、高深莫測，是個城府很深的女人。

　　古詩婷對於這些的評價不置可否，也覺得無關痛癢，反正自己很多面貌都是刻意裝出來。例如滿嘴英語的面貌，又或是胡亂拋眉弄眼的面貌。

　　只不過，有時她心裡會想，這些你們認為關於我的性格特質，就算真的是對，也只能應用於當對象是「人」的時候。

　　很少人知道，古詩婷超愛貓，也收養了很多流浪貓。後來她發現了自己這麼喜愛這種動物，是因為自己也有點像猜不透的貓。自己又愛牠們，又像牠們，那麼，就絕對不可以讓貓死去。不可以就這樣死去。

　　古詩婷是一個超自然與量子力學的研究者。

　　她一直以來都用自己的方法生存，利用身邊的人又或以身犯險，以探究關於世界的答案。她的成長背景讓她對於「答案」很執著。當然要執著，人生只能活一次，怎能帶著一個又一個如同遺憾的「問題」就這樣死去？正因為這份執著，她一天比一天好奇。

　　就好像蘇格拉底，她越問越無知，得到一個答案又延伸去下一個更複雜的問題。她想把萬事萬物都問到盡頭。

但哪有什麼盡頭？當問都沒辦法再問下去，她更會親身去試。途中有很多意外、危機與過失。

有被自己所屬之處驅趕，也有眾叛親離、流落街頭的時候。還好古詩婷夠聰明，有時踏實努力、有時說謊、有時走捷徑，她在狹縫之間來來回回，到現在還是好好地活著，一直穿梭於不同世界尋找答案。

貓就是不可以死，有哪個別人說好奇殺死貓，她寧願去弄死那個別人。

有一次，莫言憂問古詩婷，你用這樣的方法活著，有沒有覺得很孤獨？

她說她沒有。

她說，孤獨並不是指身邊沒有人。

孤獨是指心間無所依靠。

好奇暫時並未殺死貓，所以貓依然能依靠著好奇。

21/ 古詩婷的前上司 高向維

關於高向維的過去⋯⋯實在有很多暫時不能曝光的資訊。

可以透露的是，縱使此人與探員 U 及古詩婷來自同一個神秘組織，但此幾人的行事作風及做事目的可算是相距甚遠。如之前的檔案裡所提及過，探員 U 希望略盡綿力保護下一代，古詩婷則只希望滿足自己的好奇心，而高向維的目標則更為遠大。

他希望改變世界。

他希望創造出烏托邦。

高向維雖然沒有像古詩婷穿梭於不同世界，但他利用奇異能力與組織的超級科技，不斷以窺視的形式見證了不同平行世界之間發生的故事，並且一路反覆參詳，一路記錄下來。

他希望透過交疊不同平行世界的歷史信息以及一切重複又重複的錯誤，去找出命運的漏洞，找出將自己身處的世界變成烏托邦的可能性。他深深相信，他身處的人類世界一定可以因為自己變得最好。

高向維把這些記錄稱呼作他的「虛構夜誌」。他廢寢忘餐、日夜顛倒，其他同事們都對他非常尊敬，見到他都肅然起敬，他是組織中研究員的學習榜樣；唯獨是他身邊的至親──他的妻子──總是因為他感到無比孤獨。

作為丈夫，因工作無暇陪伴妻子，妻子欣然接受；但是對於高向維作為父親，連自己的兒子陷入危機也接近視而不見，而且以非常抽離的狀態提供僅有的協助，令妻子非常痛苦。兒子所面對的，絕對是生命攸關的問題，他怎麼可以如此理性，坐在工作枱前，以如同社工或顧問的身分，輕輕訴說一切行動的利與弊？

後來有一天，妻子望著工作中的丈夫的眼神；那空洞的眼神。她發現了，根本高向維所謂創造出人類美好的烏托邦這個遠大的目標，只是高向維的逃生出口。翻開一個一個虛構夜誌中的故事，根本完全沒有為他帶來任何反思。

高向維喜歡這些故事有劇情有研究的價值，那麼他就能繼續廢寢忘餐。只要能夠繼續為美好的大世界付出，就可以不再看見眼前屬於三個人的小世界，不再看見他無能為力去改變的小世界。

對於高向維來說，烏托邦的意義也許只有這一點。

22/ 高向維的兒子 高泳行

　　在不相熟的中學同學的眼中，高泳行是一個態度冷漠、沉默寡言、有時一板一眼、有時卻語出驚人的奇怪學生。

　　他慶幸自己尚有幾個朋友，但有時候高同學也有所掙扎，希望可以嘗試融入多些圈子。就算不能融入也不要緊，至少，至少不要被別人覺得是怪人，但他就是不懂。

　　高泳行很努力學習與人相處。透過不斷觀察，談吐算是有一點點改善，但他自己心知，很多東西其實都是裝出來的，有些對答是純粹地模仿所謂正常人。人與人之間相處的真正原理，直至畢業他仍然未能完全理解。沒有辦法啊，十幾年來的價值觀在他心內植根，數據與理論是餵大他的養分，他覺得自己真的需要學習。

　　要升大學了，高泳行向他的朋友們請教應該讀什麼學科，才可以突破自己的固有價值框架，才可以理解人與人之間關係的變化，理解友誼、理解感受、理解愛。朋友們都為他提供了不同選擇。

　　朋友說，不如試試讀護士吧！透過見證人類經歷生老病死、生離死別，應該可以有所啟發！

　　高泳行說，人人也會病，人人也會死，其實沒什麼大不了。最緊要是明白病與死的原因，病菌的操作，細胞的突變，這些都是很理性的事，應該沒有什麼啟發。

朋友說，不如試試讀社工吧！透過聆聽別人的煩惱，了解社會的運作與架構，應該可以有所啟發！

　　高泳行說，他有自知之明，如果自己做社工，那把不饒人的嘴巴，應該會害死很多人。就算有所啟發也補償不了別人的人生。

　　朋友說，也對……

　　「那麼……」

　　朋友忽發奇想，叫他去試試讀文學。

　　不如試試去讀詩。

　　詩歌文學與藝術，是非常奇妙的存在，是突破時間空間的存在，是雋永的，也是當下的，超乎他想像的數字與物理。

　　詩歌文學與藝術很大，大到可以帶他脫離宇宙，也同時很小，小到可以令他觀照自己每一粒細胞。詩歌文學與藝術構成了慰藉的鎖鏈，救贖過很多人。

　　高泳行覺得這個說法很有趣。

　　他看過一套電影，說到這個世界惟有愛是可以脫離物理定律。朋友們說，還有詩。

　　高泳行說，好，那麼就去試一試。

　　就是這樣，現在這位大學新鮮人，就在文學院裡好好學習中。讓我們一起期待他的成長吧。

23/ 高泳行的同學 袁展球

「校園裡的頑皮遲鈍小胖子袁展球，臨畢業前成功利用校園電台的力量追到了嚴謹認真的名列前茅女班長姚詠藍」，這個浪漫而有娛樂性的輕喜劇台式那些年系列愛情故事，在聖邏各斯紀念中學成為過一時佳話，二人當年也浸沉在初戀的幸福感之中，覺得自己就像電影中的主角一樣甜蜜快樂。

當然，中學同學之間的傳說故事就留在中學，二人畢業後這事情就再沒什麼人提起了，袁展球與女朋友也順利升上大學，各自面對了很多新衝擊，如同那些典型的扭擰美式青春愛情劇集，袁展球忽然覺醒了。他在大學 O camp 覺得自己眼界大開，發現原來這世上的女孩子有很多種類，身邊的那一位……好像忽然有點悶蛋。

那麼，要怎麼辦呢？十幾年的人生裡，袁展球從來未有遇上過這種衝擊。他在 O camp 裡一路偷偷觀察著不同的女孩子，輕輕感受自己的小鹿亂撞，輕輕厭惡著自己的邪惡，同時也輕輕享受著自己的內疚感。

啊～難道這就是長大嗎？

我這樣算是精神出軌嗎？

我是不是一個壞了的男人？

我是不是快要經歷第一次親口說分手？

尤其是剛巧坐在身旁，於 O camp 同組的這個女孩子，是明星級別的可愛美好，說話也很溫柔嬌嗲。很出色啊……如果她也喜歡自己就太好了……這世界真是有太多

選擇了吧！袁展球繼續偷望，心裡又想，唉，還是算了吧，自己長得不好看又是個小胖子，誰人會看上自己呢？也許只有現在的女朋友吧。

正當袁展球這樣無聊地糾結著，忽然身旁的這個美麗女孩，把頭微微挨了在他的膊頭上。「挨來挨去」，似乎是這個嬌嗲女孩本身的小習慣，大概並無任何特殊意義。

只不過之後發生的事，連袁展球自己也感到驚訝。他忽然站起身，滿臉通紅，很認真地看著明星樣女孩，在眾目睽睽之下嚴正地大聲拋下了一句：「Sorry! 我有女朋友了！」O camp 氣氛頓時到達尷尬的極限。

袁展球在尷尬到窒息死亡之前，用盡全力走出 O camp 的場地，身體發麻差點炸開。他深呼吸一下，忽然有種豁然開朗卻又輕輕憂鬱的納悶日劇矛盾感。

他心想。啊，似乎以後也走不出姚詠藍的手指罅了。這句說話，真像舊本地劇集般老土。

24/ 袁展球的校長 何徹

　　大部分中學生與自己的校長都相距甚遠，校長就是校長，是學校裡高高在上的存在，負責學校的所有決策，但是校長私底下是個什麼人呢？家庭是怎樣的呢？有什麼朋友？住在什麼地方？曾經有什麼經歷？大家都不會清楚知道。

　　那一天，聖邏各斯紀念中學校園電台的同學就決定去一探究竟，嘗試了解自己的校長何徹。何徹收到同學們的問題之後，一路回答都只是一句起兩句止，問一句答一句，又告訴同學們自己過去的故事沒有什麼好分享，不如去採訪一些更有故事的老師。直至到同學們問起他人生有沒有一些說話想勸喻同學們，他忽然安靜了幾秒，若有所思。

　　要珍惜你身邊的朋友。

　　說罷，又隔了幾秒，校長室的空氣靜止。他望向窗外，有兩隻小鳥飛向一棵大樹。何徹嘆了口氣，繼續說話。

　　同學們，成長的時候你會遇到形形色色的人，大家都在同一個起點出發。遇到的這些人，有些會比起家人更親密，是如同兄弟姊妹的存在。但是人生就是有很多不穩定的因素，讓人們走上不同的路，最後會越走越遠。

　　何徹說，去到他這個年紀，每個人的人生中都一定

有一個這樣的朋友。你很想開口與他打個招呼。也許大家的聲音都變得沙啞。你很想知道他現在過得如何。你很想去便利店買兩支酒，好像以前一樣，再在夏天夜晚微風輕輕吹的陽台上，碰杯談天，時而沉默，但你看著這個朋友老掉的容顏，那會是舒適的安靜。

你會很想拍拍他的膊頭，問他這些年過得如何，你想知道他的飲食習慣有沒有改變，想知道他的口頭禪還是不是一樣，想知道他的價值觀有沒有不同。然後大家或者會欲言又止，但是大家都好像明白了什麼。你會很想和他說起以前，然後一起嘲笑那時的幼稚無聊。

你會很想說起你們分道揚鑣的原因，然後很想一笑置之。

但原來日子會讓你再沒有勇氣。

於是，同學，你會和那個人越走越遠，遠到伸手無法觸及的地步，如地上的泥與天上的塵，命運就是風，你們活在一個世界和另一個世界，一個在火海，一個在刀山。

然後你才深深明白到什麼是後悔。後悔並不關於你有沒有趕去出席某一場晚宴，後悔並不是關於你沒有說出某一句說話。

後悔是關於，曾經幾個人就是你的世界的全部，而你選擇離開了那一個世界。

校園電台的同學不知道何徹在說什麼，大家你眼望我眼，不知該怎樣回應校長。比較醒目的同學走出來打個圓場，叫校長揀一首歌點給一個人，以結束這次的訪問。

校長說，之前在校園電台廣播劇場中聽到一隻叫做〈行路難〉的作品，自己很喜歡。就把這首歌送給他最好的朋友。

「但既生於此，如毅行之旅，無可撤退。」
送給我的舊友，向維。
何徹這樣說。

25/ 何徹救出的學生 楊見聰

　　可幸的是，楊見聰一早已經被強制清除了擁有其特異能力的記憶，餘下來的只是一些抽象模糊的概念，連他自己也認為那些只是一些「胡思亂想」。

　　事實上，楊見聰的能力很獨特。
　　他能夠與「我」溝通。

　　正如以前介紹過，我是「想法」。
　　想法是意識的動態表現。一般人類只會覺得自己忽然有個「想法」，卻沒有人能夠抽離去洞悉我的存在。惟有楊見聰可以。

　　想法沒有形狀、沒有重量、沒有顏色，流動於集體意識的海洋，穿梭於不同人的腦袋，也不受時間與空間的限制。
　　能夠抽離「想法的內容」去洞悉「想法本身的存在」，意即能夠「閱讀」我於不同時間空間與人物中的流動變化。
　　以比較簡單的說話來說，只要楊見聰自己本身意識到這種特別能力並加以利用，再累積一定「閱讀」經驗，就會變得無所不知。

　　聽起來很複雜，實際上這個世代有很多人都在嘗試去開發全面洞悉「我」這一種奇異能力。方法有很多名字，有人啟動松果體、有人開通七輪、有人閱讀阿卡西紀錄、有人利用冥想打坐等等途徑，都是為了閱讀「我」的流動，

去了解世界的秘密。而楊見聰，是天生就「看」到我的人，而且看得 100% 透透徹徹。

能力被發現後，不同勢力之間暗地裡展開了一場小規模而無人知曉的爭奪戰，有人想擁有他的能力，有人想協助他擺脫能力。後來成功的是後者，我們姑且稱呼那人做「拯救者」。

那時候，千千萬萬個想法蜂擁而至，想坐上「拯救者」的想法王座。想法們開始爭先恐後，雖然沒分好壞，但仍然互相影響。

「拯救這個孩子吧。知曉萬物對活於這個世代的人來說沒什麼好處。越去想，越去理解，卻無能為力改變，只會越痛苦。」

「請不要把這孩子改變成愚昧無知的人！無知的人是活在夢中的人，看不清眼前的世界，不會了解何謂真正的快樂。」

「不如幫他變成一個無知但卻願意發掘的人吧。如同這個世界上所有並非全知全能，卻仍然擁有智慧的人。活在這個世上，最重要是感受這個世界，而不是通曉這個世界。請讓他好好感受。」

混亂之間，最後的這個想法坐上了想法王座，於是「拯救者」選好了合適的藥物，向楊見聰對症下藥，令他變成現在的他，雖然基本的溝通能力比較差，但他卻可以

把「想法」純純粹粹地變成創作，令他開始寫了很多關於「想法」的故事。

　　楊見聰的胡思亂想，不是真實，卻也不是虛假。

　　楊見聰的想法，是關於我，也不是關於我。

　　但這些都沒有所謂，最重要是，即使不常直接表達，但他現在非常善於感受這個世界。

第一身文字記錄

1/ 楊見聰寫給老師葉信言的感謝信

親愛的 Miss Yip：

　　時日如飛，日月如梭，轉眼蒙受葉信言你的照顧與教導已經數年，臨近畢業的年份，我亦即將要移民了！

　　這樣一別，不知何時再聚，到時我可能事業有成，也可能一事無成，只希望你多年後仍然健健康康，仍然是我敬愛的葉老師。

　　因為即將告別，所以送上這封告別信，告訴你多年來的感受。你是我們的聖經科老師，很感謝你對我們的愛護，但以下說的話，可能會令你非常憤怒……因為，經過這些與你一起閱讀經文的日子，我確信……我暫時應該不會信教。

　　當然，我並非不相信天上的造物主，只是我對人類對上主的演繹，仍然有很多疑問。

　　我這樣寫，你也許會很不高興，但是我今次想告訴你的是，就算我還未能完全信教，你的教導也在我的腦裡深深植根，其中一句你說過我最有印象的說話是：「經文是人類的慰藉，而慰藉是一條鎖鏈。」

　　Miss Yip，我當時並不明白你的意思，但在與朋友多相處後，我開始明白了。

慰藉，是跨越時間與空間的，跨越了宗教、哲學、文學、音樂與藝術。偉人、聖人們一個接一個，從《約伯記》到《沉思錄》，人們從上一代的作品中，得到了存活下去的力量，找到了希望。所以你說，慰藉是一條鎖鏈，是一趟旅程。

　　你說的這番說話深深打動我，令我不斷在想，那麼，我呢？

　　我在這條鎖鏈之中嗎？

　　就算我不信教，我一樣可以從經文中得到力量，或是從其他文學作品、歌詞、電影、電視節目中得到力量，然後提煉自己的創作。因為這樣，我也認為，我的創作應該可以成為慰藉鎖鏈的其中一個小扣子。

　　Miss Yip，我這樣說對嗎？就算我離開了這個地方，我的廣播劇作品也可以為後來的同學們帶來力量與希望嗎？

　　我希望做得到。

　　如果連這封信也是鎖鏈的其中一個小扣子，我希望你讀過後，也會知道你對我的影響有多深，然後微微地給你一些支持繼續做最有意義的教育工作。

　　再次感謝你，Miss Yip！

p.s.1　請不要再與莊 sir 鬧交了，連低 form 的同學也知道了這件事了。

p.s.2　對不起，我最後也沒有寫到根據聖經故事改編的廣播劇。如果你仍然想做這個廣播劇，請你找梁芳橋，已經不關我事了～

　　祝　教安

　　　　　　　　　　　　　　　　　　　　楊見聰

2/ 多年前葉信言傳給教友黃志明的回覆訊息

Hi 志明弟兄，

昨天我在你借給我的經文解讀本裡，收到你寫給我的那封信了。

認識幾年，我們一起參加這麼多次小組團契，大家互相分享了這麼多學業與家庭的煩惱，我衷心感激你一路以來對我的照顧與信任，你的確是我非常珍視的第一個弟兄，我很願意把心裡的感受無甚保留地告訴你，所以我相信在未來的日子裡，我們的關係一定不會改變。

對，我想了一段時間才回覆你這個訊息，我們的關係應該不會改變了。要問我為什麼的話，我也不知道如何確實地回答，只不過，當我收到你這封信的時候，我的腦裡出現了前所未有的反思。

這些問題，我從聖經裡找不到答案。例如是，耶穌與上帝有教我們怎樣去愛，但似乎沒有教導我們如何分辨愛。

收到你的信時我在想，我們之間，究竟是友情還是愛情？事實上是用怎樣的度量衡，去分辨我是從哪一個方向喜歡你？是朋友的喜歡，是曖昧的喜歡，還是愛侶的喜歡？志明弟兄，耶穌沒有教我，我惟有自己找答案。

我認為愛情裡，應該有一種無可取代的無時無刻。我們會在相處的過程中，找到屬於「永遠」的瞬間。

　　如果我愛上了你，我吃到好吃的甜品，會保留一半分給你。我看到好看的戲，會按停與你一起看。沒有收到一句回應，會一直保持清醒，不想睡覺。這些保留、停滯與堅持，都是為了在與你碰面時，捉住那屬於永遠的「瞬間」。

　　可能是擁抱的一瞬，可能是靜靜對望的一瞬，可能是靜坐公園的一瞬，可能是海邊有浪的一瞬。

　　但我知道我們是朋友。

　　因為我吃到好吃的，會想下次與你一起吃；看到好看的，會想下次與你一起看；收不到你的回應，會想明天才再找你。我想大概這就是分別。

　　並不是不重要，卻不是那些「瞬間」。

　　所以，再次謝謝你的告白。你約我去看的難得一遇的流星雨，我應該不能和你一起去看了。衷心祝福各自有找到喜歡的工作。有學校僱用我時，我們再一起去吃餐好！下次團契見！

3/ 黃志明死後於陰間百鬼夜行祭典留言板上寫下的禱文

親愛的耶穌：

　　來到祢的部落已經幾個月，雖然原來死後的世界比起我想像中或是經文中所記載的有所不同，但能夠來到祢所管治的部落，也許就是我二十多年人生突然完結的意義。

　　現在回想，如果我們人類單憑自己創造的文字、自己的思考、自己的邏輯就能理解祢的意旨，也實在太傲慢了。

　　甚至來到現在，來到了死後世界，我對於生命以及死亡仍是有很多不明白的地方，例如是究竟我為什麼無緣無故會猝死呢？那個晚上，我一生人第二次遇上流星雨，原本還打算好好去欣賞世界的奧妙，但最後我就這樣長睡不醒了。

　　關於這些，我都找不到答案。但也許我還有很多時間在投胎之前慢慢繼續探索。

　　一路探索的過程中，蒙受主祢的愛，我才發覺我的眼界大開，看到了很多從未見過、從未想像過的東西，例如是這一次百鬼夜行。

　　現在我是帶著戰戰兢兢的心情在留言板上寫字的，因為周遭的東西有點兒可怕⋯⋯令我更加感恩，在主耶穌祢的部落，我遇到的都是美好的大天使們，都是聖潔的、仁慈的。於我們部落中居住的人們，都是充滿愛與善良，

大家互相幫助、互相支持，能夠在我們的部落安居，實在太幸福……尤其是看到現在眼前的景況。

現在在我旁邊寫字的，居然是一把長有眼睛的傘子……牠在向我打招呼，說自己叫做傘妖。在附近蹦蹦跳的，有身首分離的人，也有巨大如獅子的青蛙。主耶穌，希望祢繼續保佑我，讓我安全平安地回歸祢的部落。我實在是不應該貪圖玩樂，因為好奇心過來參與這個恐怖的祭典……

啊，主耶穌，感謝祢的祝福，傘子妖怪走開了……啊，但是現在又有一隻奇怪的生物向我走過來……是一隻用兩腳走路，帶著肚兜的狐狸！我現在正在盡力避開牠的視線，但是牠卻在問我奇怪的問題……牠問我有沒有鬼蟲朱古力……是什麼東西？這個地方真是非常奇怪！

主耶穌，非常感謝祢賜我這一次體驗，但是我還是儘快回來祢的部落侍奉祢、繼續誦念經文好了，無論是怎樣的妖怪，都無辦法動搖我對祢的信、望、愛。感謝主。

4/ 百鬼夜行群眾陸月盈生前的 Facebook post

哈囉朋友們！

你們好嗎？這幾年大家都很忙，少了出來見面，我又不好意思約大家出來傾心事，所以只好在 Facebook 與大家分享一下近況，而這個 post 只有你們幾個最好朋友看到，希望沒有煩到你們啦！

是這樣的，自從半年前開始，我的身體出現了一點狀況，我好像對所有事都再提不起勁，越來越不想吃東西，也有點失眠問題。起初我只是覺得自己心情不好所以不以為意，直至有一天，我忽然不想上班，坐在床上喊了一整個早上，又到廁所嘔了幾次，我就發覺應該有些問題要處理了喇！

於是～這半年我也好像人間蒸發了一樣，沒有與大家聯絡，就是在處理自己的問題了⋯⋯但你實際上問我有什麼問題呢？我也不知怎樣回答才好。然後我又發現，反而就是這個問題，令我更加不想聯絡大家。

我不想成為那種無病呻吟的人啊。

不想令大家覺得我在耍脾氣啊。

不想令大家以為我在裝可憐啊。

不想令大家覺得我在討關心啊。

不想大家以為我沒問題在扮有問題啊。

直至昨天，心理醫生說我的情況差了，於是給了我一個任務，就是去與好朋友聯絡一下。在我突破不到心理關口的時候，他告訴我，無病呻吟是可以的。為什麼傷心

一定要有原因？為什麼一定要向人解釋自己的痛苦才可以表達自己的痛苦？我不知道他說得對不對，但我還是要完成他交給我的功課。

　　所以我就上來打這個 Facebook post 了。但是呢⋯⋯我還是有點害羞，所以就這麼揀了兩三個比較相熟的朋友把這件事告訴你們，衷心希望沒有打擾你們！你們也不用回覆我，就當我在自言自語好了！辛苦你們讀這些沒有營養的文字，祝福大家的情緒比我安好。

　　如果⋯⋯大家有這麼一點點擔心我，放心！我會準時吃藥，沒事的！我一定還是個最開心的 June!

5/ 陸月盈母親李佩儀的喪禮追思文

我最親愛的女兒：

這一切來得實在太突然，明明前一天你還跟我有說有笑，怎麼那天你就在床上突然離開了呢？

月盈，你是上天賜給我最好的禮物，二十多年來你都是我身邊的天使。

你第一次叫媽媽爸爸的情況、第一次上學的表情、一家人去旅行的笑聲、穿起護士制服的專業形象，以及無數美麗的身影，每分每秒都在我心中泛起。現在上帝要把你帶回祂的身邊，只願上帝永遠眷顧你的靈魂，願你在天家永遠快樂。

願你永遠永遠快樂。快樂真的很重要。

在我心目中，你永遠都是我最快樂的女兒。

笑容滿面、對所有人都溫柔體貼、細心又可愛。我慶幸有這樣的福氣與你幸福的相處了這麼多年，但我也很內疚。我內疚，原來你並不純粹是我心目中的那個最快樂的女生。

你離開了，我為你收拾遺物的時候，我才知道早幾年你背負過的情緒。

看著你的照片，我不禁問自己，我真的了解你嗎？

在面對這個家以外的世界時，你會不會是另一個人？

會是怎樣的人呢？

悲哀的是，我發現，無論在哪裡，你也是同一個人。就是因為是同一個人，才這樣辛苦。

在任何地方你也是這樣笑臉迎人，在任何地方你也把責任背負在自己身上。

如果時間可以重新來過，我寧願你回到家，變成另一個人。你可以喊、可以發脾氣、可以鬧人、可以崩潰。我都會在你身邊。

但你沒有變成另一個人，我也沒有緣分見到你內心的那個人，你就離開了我，而離開並不是你的選擇，令我更加想知道，最內在的那個你，還有什麼想完成？還有什麼想展露？還有什麼想告訴我和爸爸？

我把這些寫出來，只希望來到參與你的葬禮、你的親朋好友們最後都會明白，都會相信，大家的身邊一定一定有一個人，願意看到最內在的那個你。作為身邊的人，也記得好好去觀察所珍惜的人的「內在」。直到有一天，莫名其妙地，一個人就離開了，有人再想去展露或是去了解，都已經再沒有機會。

如果你有機會回來找媽媽，又或者我們下次能夠以不同方式重遇，月盈，你可以先不用對著我們笑。我和爸爸，只希望在你流下眼淚的時候，成為令你笑的人。

多謝你。下次見。

6/ 陸月盈宿友於喪禮後寫給偶像幪面先生的粉絲信

Hello hello 幪面先生！

我叫鄭映玲，朋友們都叫我 Ning 姐，默默地支持你已經好幾年，今次是第一次寫信給你，希望能親口跟你說聲多謝。

事情是這樣的：近來我有一個幾年沒有見面的大學宿舍房友過身了，在她的喪禮上，我讀到了她母親寫給她的一篇追思文。

一路閱讀，我真的感到越來越傷心，而且我覺得人生真的很無常，所以應該趁早把想說的話說出來。然而，我本身就是一個性格坦率的人，對著家人、朋友或是男朋友，要說的話我根本也有坦白地說出來啊！於是，當我在苦思有什麼說話是我其實想說又沒有說，我的腦內就出現了你的樣子。

正確來說並不是你的樣子，因為和你所有其他粉絲一樣，我們都不知道你的真正樣子，也不知道你的真正身分。但老實說，這正正也是我當初喜歡你的地方！

一個人只憑說話與聲音就吸引了別人為他停下來，這不是一件很神奇的事嗎？在我的幻想中，你一定是個溫文有禮、聰明敏銳、堅強勇敢的人，一直看著你的 YouTube 片、去聽你的現場演講、去上你的人生教練課程，也令我想追隨著你的步伐，成為一個如此成功的人。

你所推出的產品，檸面面具鎖匙扣也好，打氣紙扇又好，成功的20種味道蠟燭系列也好，我都通通買了回家！喜歡你之前，我會恥笑以前的同學沉迷偶像，但我現在明白了！原來一個人真的會狠狠地影響、改變另一個人，而我買的這些所有紀念品，除了是對你的支持，也是我自己想改變自己的決心之印證。

每一次我懶惰的時候，看著枱頭的鎖匙扣，我就記起你的努力。

每一次我想放棄，我拿出打氣紙扇，就會想起你的堅持。

每一次我心生妒忌，點起蠟燭，就會記起你的善良。

原來這就是偶像的力量。就算你不是歌手，並不是用音樂作品去安慰我，你的話語已把我撐了起來。

以前我並不敢告訴別人我會去追星，但是我現在以追星為驕傲！所以那天出席完喪禮，我不但寫好了這封信，而且還加入了你的粉絲福利會，希望下次在活動中可以親身向你答謝～我會一直支持你！

p.s. 檸面先生，雖然你不放下面具我也很喜歡你，但是期待有一天可以看到你的真面目！

7/ 幪面先生徐一樂寫給弟弟徐一鳴的便條

細佬，

雪櫃有湯，紅蘿蔔青蘿蔔煲豬踭，阿媽煲的，回來後就拿出來翻熱喝吧。吃的東西就沒有了，水餃都被我吃完了，肚餓就拿些 cereal 當宵夜吧。啊，還有，熱水爐有些壞，你要長開水喉三分鐘才有熱水，訓練一下自己的耐性吧！

你入了大學之後這幾個月這樣忙碌，一家人都很少見面，你記得下星期阿爸生日，要預留時間回家吃飯呀！另外呢，就是你上星期問我的問題……都未有時間跟你親身傾一傾，不過大致上……我也沒有資格給你什麼意見啦……我只是覺得……難得你中六那時發奮圖強讀書入了這麼厲害的學系，忽然想轉校去讀什麼關於舞台和演藝的東西……對我來說有點衝擊罷了。

但你不要誤會，衝擊並不等於反對，而且阿哥我本身讀書工作什麼的都一塌糊塗，也沒有資格逼迫你去讀什麼學科……我只是在想，如果是當年的我一定不夠膽這樣做，這或許就是世代的分別吧，畢竟你們活在一個「今日唔知聽日事」的世代，為什麼還要像我或者爸爸媽媽一樣諸多顧慮呢？

以前我就常常思考，每個人也有自己獨特的生存意義；但是人類作為生物的一種，應該也與其他動物一樣，有其品種的大目標：大概就是求生，是繁殖，令自己的生

物品種得以延續下去。追根究底，排除在這些大目標以上建立的慾求與貪念，我們這樣努力工作、建立關係、搞教育、去戀愛，都是因為這關於生存的原因。

但萬一人類在進化的過程中，求生與繁殖已不再是最大的意義呢？或者人類作為一個品種，那個所謂大目標，根本就在慢慢改變呢？或者人類就應該像煙花一樣，燦爛過就好呢？或者活得燦爛才是目標呢？

如果是這樣的話，你絕對應該在安全合理的範圍內去追求自己喜歡的事，阿哥絕對支持。

阿爸阿媽那方面……我會嘗試跟他們傾傾，你下個星期回來吃阿爸生日飯，我們再坐下來，慢慢告訴他你的想法吧。最緊要是你自己搞清楚，這是不是你非做不可的事，這是不是能夠令你活得燦爛的事。關於妥協、因為別人做決定、符合別人的期望，阿哥我有太多經驗了。

雖然我們不是常常打開心扉說話，但你記住，就只有這麼三句說話要記住：

1/ 你要活著，而活得燦爛；

2/ 阿哥無論如何也會支持你；

3/ 衣服在洗衣機，記得幫我晾衫。

哥

8/ 徐一鳴的戲劇學院面試自我介紹稿

　　Hello，我叫徐一鳴，現在在科大修讀機械工程學系一年級。上幾個月某個晚上我忽發其想……我想轉校了，想轉來你們的學校入讀戲劇學系。

　　寫這一篇自我介紹，我至少刪改了二十次，對於如何交代一個想轉校原因、如何交代一個想讀戲劇的原因，我想了又想，有些答案比較冠冕堂皇，也有些比較正統合理，但一路想，就是一路不知道如何寫下去，因為我這個人真的不擅長說謊。

　　我可只是真的，真的在一個睡不著的晚上忽發其想而已，難道我要創作一個原因給自己嗎？說謊我會過意不去，所以冒著不獲錄取的危險，我決定這樣寫下去。

　　雖然說是忽發奇想啦，但這種個性卻不是突然跑出來的，我從小到大就是這樣的一個人。

　　有什麼計劃忽然想到就要做，容易改變決定，不懂堅持容易放棄，最擅長的只有嘴砲……有段時間，我也覺得這樣的自己很討厭。

　　把故事說到中學畢業的那天。那晚我和朋友們坐在課室 deep talk，去到凌晨四點幾，超眼瞓，我拿著一罐汽水，把這種心情告訴了身邊的朋友。然後我緊緊記著了我的朋友肥波對我說的一番說話。

「是啦，你是非常討厭，但你有沒有想過為什麼你這樣討厭，也有這麼多朋友呢？」

他們說，我的那些奇怪的特質反而成就了我的獨特性。不真正接受自己的獨特性就會變得討厭，若接受了自己再好好利用自己，人或者會變得有趣起來。

像肥波這樣的白癡角色，居然也會說出這樣得體有型的說話！於是我被撼動了，我開始相信和接受這樣的自己。或許就是這樣的個性，才能夠在戲劇的世界找到生存的空間啊。不斷變來變去、反反覆覆、想做就做，這就是劇場，這也是生命！這是中學的時候我在廣播劇社工作所得到的領悟，我相信這一樣也能夠應用在戲劇上！

嗯⋯⋯我知道這絕對不是一段能夠大力打動人的熱血最強式自我介紹，但我能夠寫、能夠說的，暫時就只有這樣的東西，都是真心的說話。本人希望能夠在貴校的戲劇學院學到更多任何藝術層面的技藝，以及如同戲劇一般存在的方法。

謝謝。

9/ 馬利欣離開戲劇學院後傳給男朋友邱浩澄的聲音訊息節錄

喂喂喂～你收工了嗎？我剛剛收工了，剛剛遇到一件很搞笑的事，一定要告訴你。

話說今天我去戲劇學院本身想找一個舞台劇導演開會，他是個教授嘛，剛巧就在進行不同學生入學面試，他就叫我在面試室坐下來等他。我坐下了半小時，發現這一代有些中學畢業生真的超令人費解～

也不是說他們沒有才華或是沒有禮貌，感覺上有些人還非常熱血，但是我一路聽他們自我介紹，就總是有一種不太對味的感覺，一直都想不到為什麼……直至到有個男生走進來，寫了一份超級不知所謂的自我介紹稿，我就知道到底發生什麼事了！

這個叫徐一鳴的學生說了很多氣勢磅礡的說話，但是精簡一點來說，就是他什麼也沒有想過，沒有準備過，只不過是忽然之間想來演戲，然後朋友也覺得適合，所以就來面試了。簡直是什麼也沒有準備！那種態度甚至是給我「喂，我這麼有熱情，這麼與眾不同，你不是不要我吧！」這樣的感覺。

我當然知道，在任何行業也一樣啦，熱情以及態度很重要，但空有熱情與態度，其實是一件很不濟的事吧？如果這樣也能夠成功，對真正有天分的人來說是個笑話，對於真正很努力的人來說是悲劇吧？很不公平吧？

但現在是不是就是這樣的一個世界呢？不斷用嘴巴告訴別人自己很有態度，用嘴巴告訴別人自己很有熱情，感覺上就很有靈魂了，大眾又真是會喜歡。好像那個舞台劇導演，雖然還不知會不會收那個學生，但他居然說自己很欣賞那學生的膽量。

　　膽量？他夠膽的話可以全裸在戲劇學院跑步，這麼有膽量是不是就要收了他入讀？靜靜地坐下來工作的人，不把自己工作態度說出來的人，對這些人來說是傻瓜吧？

　　不是有藝術家脾氣、有態度就真的是藝術家。我們要的是技術呀！話說出來則不是，他們有聽過這句說話嗎？啊，好嬲！待會見面再說！

10/ 邱浩澄回覆作家孫美賢的合作邀請

　　你好孫小姐！關於這次合作邀請我有興趣啊，至於價錢或時間詳情，待會我把經理人的電話號碼留給你，有時間請你聯絡她吧！

　　藉著這個回覆，我也想親身感謝你，對我來說，你是在很有趣的時間點傳來這個 inbox msg，正正就是我覺得自己的音樂事業陷入樽頸的時候。

　　若你有留意我的作品，你應該會知道，起初做歌的時候我的確是非常順利，去到這一兩年，YouTube 的 view 數下降了，人們留言都不乏認為我的歌曲內容開始重重複複，老實說，我都開始不相信自己了，雖然我仍然很喜歡音樂這回事。

　　身邊有人常常提醒我，做創作的時候只有熱情和態度是不足夠的，最重要的還是如匠人一樣琢磨自己的技術，這是當然的，而我自問也有付出相應的努力，我不斷鑽研結他的技藝、唱歌的方法……但……就是找不到我的突破口。為什麼不論我如何鍛煉，粉絲們的反應都是一樣？為什麼連我自己都覺得自己在做相同又重複的事？

　　直至到我收到你的 inbox msg，說想找我為你的愛情小說譜寫一首流行曲，要一隻溫柔抒情的慢歌，我腦裡忽然浮起了一個問題。

　　態度、熱情甚至努力我都有，但為什麼我一直在用一個叫做「風格」的框架框住自己？我總是想用結他彈出

有型、獨特、節奏感強烈的音樂，我不斷在這個框架之中努力，為什麼我沒有想過去做其他類型的東西？

我發現了一點。原來人有時覺得自己很努力，那只是偏執罷了。我很努力地練結他，卻沒有拓展過自己的琴技、鼓技又或是其他樂器的技藝。我很努力地寫關於自我的歌詞，卻沒有拓展過寫其他類型題材的可能。

我在自己熟悉的範疇裡不斷耕耘，執著於自己的所謂風格，其實只是很甘心留在安全範圍。我的世界這麼狹小，居然還好意思說自己已經很努力了。我忽然理解，一個創作人若果真的有自己的風格，是不論在任何類型的作品都可以凸顯出來，而不是局限在自己熟悉的範圍裡。

正因為這樣，當我見到你的 inbox msg，我坐在自己的房裡，思考了良久。一開始我是想拒絕的，因為我根本從來沒有寫過感覺很流行的抒情慢歌，甚至打從心底有點看不起這類型的作品。

後來我想通了，發現自己看不起，只是因為自己做不來。如果我有足夠的能力，我應該要把這類型的作品做到自己也看得起為止。

就是這樣，我決定一定要答應你的邀請！期待為你非常受歡迎的愛情小說配上一首非常受歡迎、有靈魂、好聽又流行的本地音樂作品！

11/ 孫美賢寫給入境事務員雪兒的感謝信

親愛的入境事務處專員 雪兒：

　　來到這個由失眠的力量構成的異世界已經一星期，實在感到一切非常新奇有趣，十分感謝你的邀請讓小妹我有機會體驗這一切，因此親身致函，以表心意，並且打算在信中交代一下你上次問我的問題。

　　你上次問到我為什麼會失眠，這個問題不容易向人解釋呢。我在想，你告訴我關於另一個夜間遊牧人的事，說他因為情緒問題所以以往常常失眠……嗯，我也應該是差不多吧，但是我知道我和他的分別──他沒辦法控制自己的焦慮與憂傷，而我有時是刻意讓自己浸沒在情緒中的。

　　老實說，我覺得要快樂很簡單，但人啊，生來是應該有更多體驗的。長大後，我決定把人生當成一種體驗的遊戲，這樣的想法也會讓自己活得更好，尤其我是寫愛情小說的。我也知道坊間有很多讀者說我的作品很矯情，但是矯情很好啊，矯情就是有很多無病呻吟、很多自我浸沉式的體驗，這樣不是很有趣嗎？

　　要寫愛情小說，需要體驗很多種不同關係。單戀、暗戀、明戀、失戀、成為第三者、被人出賣背叛、幾十歲人才沉船，我通通都試過。

　　小時候沒有所謂「體驗」的意識，只把一切情緒放得很大，沒有足夠空間去提煉出創作。慢慢長大，我才開

始有一個「體驗的意識」。意識很重要，當我知道是自己「刻意」為自己搞這些劇情，我就不再把自己當成純粹的悲劇主角，而是把自己當成一個演悲劇的演員。我知道自己是個演員。

我發現，只要有「體驗」的意識，一齣戲演完，又可以是另一齣戲。有時是悲劇，有時是喜劇，有時是奸角，有時是主角。就像男孩子們打遊戲機，我矯情，其實是在製造情緒的關卡給自己，一關一關過；一關一關實際體驗，就會知道各種關係，各種情感，就會知道應該用怎樣的文字去表達作品，用怎樣的行為去表達生命。

也許這個答案對你來說太複雜了，但也沒關係，總之，我可以算是一個……因為需要體驗，所以失眠，所以來到你這個異世界的人。而你們這樣歡迎我的到來，我實在是太幸福了。謝謝你們！

1/ 雪兒

雪兒是失眠鎮邏各斯的入境事務處接待專員，主要職責是負責引導初到埗的一些夜間遊牧人熟習邏各斯的環境。

當然，入境事務專員這個職位不止有雪兒一個人，大家也帶著不同的心態擔任專員，對雪兒來說，做這個崗位，不斷認識新朋友，不斷找東西玩，就是一件很快樂的事，所以如果要問她生存的意義，答案應該是快樂。

雪兒是一個沒什麼煩惱的人，朋友告訴她，快樂是一種感受良好時的情緒反應，一種能表現出心理狀態的情緒。快樂最常見的表達方式就是笑，她常常真心地笑，她知道自己很快樂。有一天，夜間遊牧人莫言憂卻對她說了一句話，令她心裡產生了一個小問號。

莫言憂說，喂，麻煩友，你常常這樣快樂，一定是個很幸福的人，真羨慕你。我們在現實世界的人，個個都想得到幸福。

吓？欸……雪兒不太明白，快樂與幸福的區別。於是

莫言憂就跟著網上的百科全書向她解釋，快樂是個人的、短時間的情緒感受；幸福則涉及到與他人、家庭的長期正面的交互過程，以及對事業、生活發展的積極的體驗。那麼……簡單來說就是要很多很多快樂，累積比較長的時間，就可以成為一個幸福的人。

然後雪兒想，「幸福」這回事好像有點累人呢。身在福中，覺得自己很幸福也無不可，但是要刻意去追求，好像有點……反而抹煞了自己的快樂。要去計較累積了幾多快樂、快樂了幾長時間，才可以算得出幸福的結論，這不也是對未來的一種憂慮嗎？

雪兒說，喂，莫言憂，不如你放下你那本厚厚的網上百科全書啦！

莫言憂說，網上百科全書不是實體，不能這樣放下。

雪兒說，哎呀，不是這個意思！我的意思是，與其要追求幸福，不如現在快樂就好。還是當下要緊，幸福那些什麼什麼，暫時都很無聊！現在……還是首先去笑吧！

然後莫言憂又真的沒好氣地笑了出來。

2/ 白仔

　　莫言憂坐在白仔的飲品店看著這個總是面帶微笑、傻裡傻氣的老人家在店子內頻頻撲撲，心裡總是有一丁點羨慕。

　　他知道在這個奇異的世界，壽命並不是生命的局限，但始終看上去年紀這麼老，是為什麼能夠對事物保持熱情，長期保持著這樣有動力的狀態呢？

　　有一個晚上，趁沒有什麼事做，他沉默地觀察著白仔的一舉一動。

　　先是沒有客人的時候，他拿著店子裡製作飲品的材料以及一些很奇怪的植物，倒入杯子裡攪來攪去。莫言憂問他在攪什麼，他說就想試一試把這些東西撈在一起會變成什麼新口味。

　　真無聊，他心想，一定很難飲吧。

　　然後白仔喝了一口，臉上露出厭惡的神情。

　　對吧，就說一定會很難飲。

　　然後有客人來到，是一位沒有見過面的老太太。太太甫坐下來叫了飲品，白仔便開始與她傾談，居然問起她的生活故事。故事不出所料地沉悶，並沒有什麼起承轉合，不過是掃地種花的健康人生，但是白仔卻聽得非常入神。莫言憂忍不住打了個呵欠。

　　過了一會，這位老太太走了，沿著她離開的腳步，留下了一些泥沙的腳印。莫言憂心想，真骯髒……白仔卻蹲下來，用手指輕碰地下的泥沙。

「喂，污糟呀！你在做什麼？」

莫言憂忍不住開口制止白仔，白仔卻說很想知道這些泥沙是什麼痕跡，感覺好像很有趣似的。

「才沒有很有趣吧，就不過是灰塵！」莫言憂如常咆哮。

白仔微微笑，走到洗手盆洗手，忽然問起莫言憂：「你好像對什麼都沒有興趣似的，你才是沒有很有趣的那個吧！你沒有好奇心，是怎樣生活下去的呢？」

然後莫言憂叮一聲醒了一醒。啊！原來是好奇心。

這東西好像在自己的身上已經失蹤了很久，而原來就是好奇心成為了白仔這個人對每一件事都充滿熱情與動力的契機。對事物充滿好奇心，可能就是保持青春的方法吧？也許就是因為自己已經對事物不再好奇，所以常常活得像個阿叔，好像關掉了對整個世界的感知。原來當覺得所有事物都不有趣，真正不有趣的只有自己。

有好奇心，天也有趣，地也有趣，金木水火土也很有趣。

於是莫言憂也蹲下來，用手指抹一抹地上的泥沙，放入口中試一試。

「喂，污糟呀！你在做什麼？」

白仔對他咆哮。莫言憂說，就是想好奇一下啊⋯⋯可能地上的不是泥沙，而是超級美味的神奇朱古力粉呢！

「那麼⋯⋯是朱古力粉嗎？」白仔問。

「並不是，只是普普通通的泥沙。我想嘔。」莫言憂說。

3/ 亮晶晶

對於莫言憂來說，亮晶晶是一個很奇怪的女子。

神經質，時而溫柔平靜，時而瘋狂嘈吵，而其中最深刻的人物設定，當然是其對大自然的熱愛。

在大自然中感受其中的美感，肯定是亮晶晶這個人生存意義很大的一部分。

有時亮晶晶看著一棵平平無奇的樹，可以很入神地發呆半個晚上；有時她對著一棵四野可見的花，也會喃喃自語，看似正在與之對話。

有次亮晶晶熱烈邀請傻瓜三人組參與她的大自然溝通活動，三人不好意思推卻，就與她一起坐在草地無無聊聊。

雪兒和白仔大約忍受了三幾分鐘就站起來四處走動，打打鬧鬧，居然惟有莫言憂靜靜看著亮晶晶。他竟然有點好奇這個怪人在想些什麼，好想知道大自然對她的吸引力為什麼這麼大。於是他就像影子一樣，跟隨著亮晶晶的眼神與動作，嘗試用同理心感受她所感受的。

然後他發現自己有點像進入了一個入定的狀態，他記起了現實世界中也有朋友曾經帶過他去參加過一些瑜伽冥想班，這種狀態有點相似。

回神之際，亮晶晶開口了，她問莫言憂：你有見到宇宙，也有見到自己嗎？

亮晶晶說，當人很留神去觀察，就會發現大自然中的一切，把它放到最大就是宇宙，而同時也是自己最小的細胞。

　　葉脈、花瓣、泥土、流水，深入的去看，就宛如星河中一點點光，亦像血液中的細胞流動。正因為這樣，當人們定神感受大自然，就會知道自己靈魂的偉大宏偉，也會知道自己肉體的渺小脆弱，這就是一種屬於生命的詩意。

　　莫言憂聽完亮晶晶這樣說，心裡想，嘩，在這個古靈精怪的異世界，居然能夠聽到這樣的大道理，此人雖然古靈精怪，但真是非常不簡單，值得尊重！於是，他又再合上眼，再次在雪兒與白仔嘈吵的打鬧聲之間，感受一下宇宙，也感受一下自己。

4/ Didisan

在這個奇幻的故事世界裡，Didisan 是一個警察，也是一個法官⋯⋯這個設定好像有點奇怪，但總括來說，就是一個很有職業框架的角色，基本上每次出場都是因為有事發生要執法人員幫忙⋯⋯當然，在失眠鎮，通常那些所謂「有事發生」都是非常無謂的事，玩樂性質居多。

但是無論如何，如同在很多不同的故事裡的職業型角色，在故事中 Didisan 總是發揮其職業的功效，但是實際上他是一個怎樣的人呢？有時候好像連他自己也不太清楚。

Didisan 生來就好像背負著一個與職業有關的責任，有點像一個 NPC，但事實上他又不是一個 NPC，不會行向牆角撞來撞去，也不是只會回應一式一樣的句子。隨著日子過去，有時在閒來沒有工作時，他也會（非常罕有地）思考一下，如果自己沒有背負任何職業責任，自己會是怎樣的人？他認為，自己一定會是一個遊手好閒、非常懶惰，又或是非常貪玩的人。

咦⋯⋯？這樣想想看，我不就已經找到自己的本性了嗎？Didisan 心想，既然我也有自己的本性，就應該好好活出自己！嘿嘿，根本就應該好好合理化自己偷懶與貪玩！所以在這個故事中，莫言憂常常發現，Didisan 這個人在巡邏的時候，根本就不是在履行職務。

有時他會拿著一杯星星奶，與007在凹凸凹凸廣場打乒乓波……有時也會蹲在地上，與奇蹟先生莫名其妙地對罵……當然有更多時候，就是跟著傻瓜三人組四出遊玩。

　　莫言憂有時會覺得此人非常不負責任，但同時又會理解，應該沒有人生來就要背負著怎樣的責任吧？有時候所謂負責任，更加是一種不去追求自己、不去理解自己的惰性與奴性。

　　像 Didisan 這樣的無聊人，居然有花時間思考過自己的人生，有這樣的自省能力，反而應該更加積極鼓勵他去玩吧！反正……失眠鎮本身就是一個非常和平的地方，霹靂啪嘞監獄倒不如拿來當 party house 啦。

5/ 無眠太太

　　無眠太太在失眠鎮邏各斯中最莊嚴、最古老的建築物失眠圖書館裡擔任圖書管理員。

　　戴著舊式金絲框眼鏡、梳起一個嚴謹優雅的髮髻、穿著認真保守的洋裝，她每一天都穿梭於書櫃和書櫃之間，不斷進行核對與記錄、執拾與重整，為失眠鎮邏各斯的歷史秩序無私貢獻。

　　比較少人知道的是，無眠太太喜歡吃焙茶味冬甩，每天一日三餐都是焙茶味冬甩。又因為沒什麼人會來圖書館探望她，但她不喜歡一整天不開口說話的感覺，所以有時她會拿出書本自己朗讀，一頁一頁，忽然又一晚。工作得太疲累，她會坐在圖書館的沙發上，自己哼起一些奇怪的無名歌謠稍作休息。

　　會陪伴無眠太太的是她的小助手無眠寶寶。那些東西其實只是她自己的魔法，但以搬搬抬抬來說，他們很幫得手，而且也為龐大老舊的圖書館增添了幾分活力。

　　有段日子，莫言憂因為工作關係常常要去圖書館打擾無眠太太，他看著無眠太太這樣的生活，一時同情心大發，覺得她一定非常寂寞，既沒有朋友，生活又沒有變化，於是熱烈邀請她和自己的朋友們一起去野餐。

無眠太太拒絕了。她說不要，莫言憂自以為人家只是客氣不好意思，又再三邀請⋯⋯意料之外就突然被脾氣一般的無眠太太痛罵了一番。

　　後來莫言憂回家想起這件事，又想起一些關於自己和朋友之間的事，忽然發覺，其實又真的是自己自作多情。

　　自己的同情心都不過是一種幻想，有很多時我們覺得別人一定過得很慘都只是一種幻想。你一定是覺得自己過得比別人好、比別人優越，才會可憐、同情別人。這樣又何嘗不是一種自大。人家或許根本比你過得開心很多。

　　就像無眠太太，有書、有焙茶味冬甩，就已經是一切了。

6/ 莉莉

　　作為失眠鎮邏各斯唯一一個記者，莉莉每天都會四處遊走，收集千奇百趣的新聞，以最中立的眼光，把事實告訴全鎮的居民——這是多麼有正義感的一份工作啊！

　　這份工作把莉莉她歡察人事物的觸覺鍛煉得非常敏銳，正因如此，非常「不情願」地，莉莉總是輕輕鬆鬆就得到居民們的生活小八卦。

　　還好，莉莉雖然像是一個情報收集天文台，卻不是一個大喇叭裝置。
　　她是記者，並不是狗仔隊，不會把人們的秘密四處散播——像是亮晶晶逢星期三都會偷偷跟蹤奇蹟先生，又或是白仔每天睡覺都要抱著凹凸凹凸毛公仔，又或是雪兒衣櫃裡還有一件外星生物連身衣套裝，又或是怪異博士飲飲食食的奇異癖好……
　　這些秘密莉莉全部都知道，但她卻很有道德地只把秘密留給自己。

　　莉莉有點享受知道了很多別人的小秘密，但還好她心地尚算善良，並沒有用來要挾別人，反而她發現了自己一個生命的大任務——我有這麼敏銳的觸覺，應該是用來幫助別人的！

　　那麼她究竟會做什麼呢？

有一天，莫言憂來到失眠鎮沒什麼事做四處散步，就碰到行跡古怪的莉莉小姐……

他看到莉莉首先特意去找奇蹟先生打招呼，然後又去找亮晶晶告訴她奇蹟先生正在哪裡……又見到她拿著奇怪的凹凸凹凸毛公仔與一件外星生物連身衣套裝，到滴滴噠噠洗衣房去洗乾淨……然後又見到她到大冬甩酒樓，買了些賣相非常差的食物，放了在怪異博士的門口……

嗯……真的非常古怪，她究竟在做什麼呢？

莫言憂完全不理解，只不過，那個晚上，亮晶晶、白仔、雪兒、怪異博士等人，全部人的心情都好像很好。莉莉心情也不錯，她頻頻撲撲、快快樂樂地又過了一晚。

有時候看到身邊的朋友開心，也不需要特別讓人知道是自己做的，莉莉心想——並不是這個世界上所有事都需要被大肆報導啊，嘻。

7/ Professor Star

　　長駐在魔法大學的 Professor Star 作為一名出色的魔法研究者，是失眠鎮邏各斯裡很受尊敬的存在，雖然他頂著一頭螢光綠色的頭髮、濃妝艷抹外形非常出眾，而且性格也怪裡怪氣，總是說著別人聽不明白的說話，但認識他的人都很喜歡他的涵養與樂於助人的性格。

　　由於他非常樂於助人，所以長久以來在失眠鎮邏各斯這個地方，他曾經處理過很多不同市民與夜間遊牧人的問題與煩惱，比較著名的當然是圍繞莫言憂與古詩婷的邏各斯安全法事件；而不為人知的，就是他與第一代聖邏各斯紀念中學校長的事。這件事，就連後來的校長何徹也不算太清楚，當然閱讀中的大家也未知道，總之，Professor Star 就是很常向人伸出援手。

　　後來，有時 Professor Star 看著不同事情的發展，會開始反思自己的援手伸得對或不對。
　　你有沒有這樣的時候？明知自己幫了一個人，也許會令遠方未來的結果變得更壞，但就是在當下，你無論如何也想伸出那隻手。

　　有時候像縱容小孩子的母親，像把考試貼士偷偷交給學生的老師，是一種暫時輕輕扭曲的愛；
　　有時又像面對年華老去的人，像望著絕症纏身的人，遠方未來在某層面已沒有意義。
　　有時候又也許是情況太趨急，非要幫助不可，沒有時間說未來。

有時卻沒有比喻，也沒有藉口，伸出援手只是反射動作。

但是其實⋯⋯也不能說什麼好與不好。

人終究都不會知道每條分岔道路的真實風景，我們都只會想像，想像如果我有怎樣怎樣、想像如果我沒有怎樣怎樣，一切會變成怎樣。但都只是想像。Professor Star 深明這一點，所以後來他想通了，他知道只要問心無愧就好，重點是無愧於當下，而並非無愧於過去或未來。

過去已過去，無愧與否也不能改寫；
未來還未來，未看到就別辜負現在。

正正因為這樣，那時候明知規矩不對，Professor Star 才會協助莫言憂，才有傻瓜三人組之後的故事。

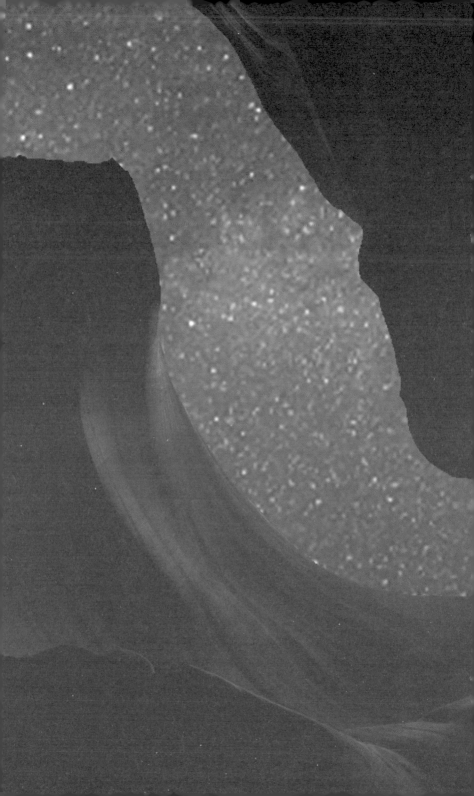

劇情

Part 4

附錄

1/ Flip and Flop 樂隊
主題曲〈行路難〉手寫歌詞

《 行路難 》

雙腿跨出去　時鐘把你猛推
知不會倒退　才更累

當一切失據　求生於這孤島裏
只走錯一次　人就會粉碎

越要追上去　越覺追逐到焦慮
但既生於此　如毅行之旅　無可撤退

行路難　我就攀知他
迎面來　萬個分岔

無數問題縱未會招架
唯求繼續痛苦的向前　進化

雙腿已跛了　連身軀也崩解了

怎麼卻竟要　能硬撐歡笑

願我可說痛　就這麼陷進低潮

為我一翻身　能盡情歡笑　留低對照，

行路難　我就攀和爬

迎面來　萬個分岔

人們盡情繼續鬥高嗎

前行卻是更重要

在赤地裏栽出　野花

把痛苦轉化

可以嗎？

2/ 萬物醫 付喪神全記錄

E1-2 窗簾付喪神（謝芊彤飾演）

表象	任可哲父親房間的全白色窗簾接近一半出現灰黑色的霉菌，霉菌慢慢增多，而且有腐爛的味道。	E1
結界	全黑空間，到處都是飄逸的白色布簾，感覺像周圍的東西都在發光，明明沒有風，但布簾不停搖晃舞動，彷彿有生命般。	E2
付喪神	用布編織出來的人形，全白色，沾上了又灰又黑的霉菌，有腐爛的跡象。	E2
病毒	悔沙（由後悔的意念積聚而成，透過日曬和足夠的濕度就能夠誕生，會令付喪神因不需要自責的事而感到內疚。）	E2
生病原因	後悔沒察覺任可哲爸爸生病，還故意弄醒了他，害他下樓買早餐時被車撞死。	E2
醫治方式	畢方素（抗生素的一種，提煉自山海經神鳥畢方，相傳有畢方的地方就會有野火，付喪神服下後體內的病毒會開始自焚，尤其對悔沙這種以霉菌類型滋長的病毒特別有效。）	E2

E3-4 石階付喪神（胡子彤飾演）

表象	山路上一片扁平寬闊非常普通的石階，把腳踩上去時會有一種如磁力兩極互相排斥的反抗感，就像用腳踢穿了一片不存在的海綿。	E3
結界	一個形狀奇特的空間，是一個沒有出口與入口的巨型大石洞。彷彿是位於一塊空心的石頭內部。有光，但不知道光源來自哪裡。形狀很奇怪，如一塊被搓圓撳扁的泥膠，頂端和地面的界線有時相距極闊，有時互相觸碰，要躡手躡腳才能慢慢向前進。	E4

付喪神	男性，瘦弱，一臉病容，穿著灰色的布衣。身上不停有泥沙掉落，而且身體穿了幾個洞。分別在胸口、肚子附近以及大腿，如拳頭一般大的洞，裡面都是沙石。	E4
病毒	辱毒（一種由人體毒素加上付喪神的氣混合而成的骯髒病毒。病發的契機是一種受到侮辱的憎恨情緒，那不止是妒忌，付喪神的情緒裡應該含有羞恥與憎恨的成分。需要與人體毒素混和才成立。）	E4
生病原因	有小孩子在石頭身上排泄	E4
醫治方式	山海經奇獸白澤身上提煉出的粉末（白澤是崑崙山上的奇獸，相傳渾身雪白，通萬物之情，很少出沒，是吉祥潔淨之物。）	E4

E5-6 電視付喪神（小野飾演）

表象	一名婆婆家的電視顯示著如新鮮的血般紅色的畫面。是純粹、毫無雜質的紅色，非常刺眼，令人有非常壓迫的感覺。即使轉台都是紅色。	E5
結界	一個雜亂無章的廢墟，四面八方都是鮮紅色的。廢墟奇形怪狀，有一個經歷過地震摧殘的古代御花園，整個血色池塘插滿一支支紫紅生鏽的鐵枝。右邊是座大教堂，從上至下、左至右被整齊地切割開一半。	E6
付喪神	那面孔是結界裡唯一不是紅色的東西，那是完全的純白色，而且沒有眼球，雙眼是凹陷的小洞穴。身穿公仔道具戲服。	E6
病毒	棄塵（會蠶食付喪神雙眼的病毒，當付喪神自我否定的情緒與依附在死物之上的塵埃結合，就會滋生這種病毒。以付喪神的自我價值作為食物。）	E6

生病原因	電視每天陪著婆婆，為她提供了很多娛樂，直至她開始對電視完全倚賴，每天都吸收電視台的錯誤價值觀，令她的心靈越來越腐爛。電視覺得自己毀掉了婆婆，所以想要離開她。	E6
醫治方式	鳳凰的羽毛浸在清水中，清水會變成金黃色，再餵給付喪神喝。（醫治失敗）	E6
下場	電視付喪神叫任可哲聽聽自己的聲音，任可哲在付喪神死後把電視搬了回家。	E6

E7-8 鏡子付喪神（麥曦茵飾演）

表象	山海閣學生宿舍中的一面鏡子，照鏡時鏡中的人會變得非常漂亮。	E7
結界	是任可哲看過最美麗的空間。如果這是現實世界，人類或許會活得非常幸福；如果這世界真的有天堂，應該就是這鏡子內的世界。一大片草原，和煦的陽光，輕巧的微風，七彩顏色的花瓣飄逸在半空。	E8
付喪神	一個看上去成熟優雅的女人，穿著麻布質地的衣服，在草原的正中央優雅地翩翩起舞，帶著一種風韻猶存的美感。但走近就會看到女人身上長滿了一顆一顆肉瘤。凹凹凸凸，如同怪石嶙峋在皮膚底下，非常恐怖。但她似乎沒有察覺到自己的異樣，只是一路帶著空洞的眼神以及詭異的微笑，翩翩起舞。	E8
病毒	溺香（成分是付喪神對於事物的沉溺與執著，混入人類照鏡時看著鏡子的目光。）	E8
生病原因	過度執著於商家所說的「內在美」	E8
醫治方式	赤鱬的鱗片（赤鱬是山海經中的怪獸，一條奇醜無比的魚。偏偏相傳吃了牠能醫百病。事實上，牠可以改變寄生在付喪神上人類的能量，從而驅趕病毒。）	E8

E9-10 時鐘付喪神（黃溢豪飾演）

表象	家具店中的一個鐘。玻璃面上沾滿了灰塵以及昆蟲的屍體。小蜘蛛，小蚊了，　隻隻衣蛾，密密麻麻、不尋常地沉澱在時鐘的玻璃表面。用紙巾輕掃鐘的表面，灰塵完全抹不走，根本是毫不移動，那些昆蟲的屍體也一樣，毫無損傷。	E9
結界	一個宛如宇宙星空的空間，藍藍紫紫的，氣氛神秘，完全沒有聲音。寂靜得令人耳鳴。用電筒一照，就能看到凝在空氣中的通通都是靜止不動的昆蟲與塵垢。	E10
付喪神	一個看似披著黑色長袍的年輕男性，但身上的並不是黑色長袍，而是靜止不動的小飛蟲，纏繞在他身上，猶如衣物。身上有濃烈的異味。	E10
病毒	完體（依附在小型物體之間的病毒，食糧是物體的時間。被吃掉時間的物體，無法前進無法後退。是由付喪神內心的不滿足感纏上蚊蟲身上的細菌而生。）	E10
生病原因	時鐘慢了三分鐘，付喪神因此覺得自己不完美，沒有存在的價值，拒絕再向前走。	E10
醫治方式	山海經神獸肥遺的唾液（肥遺是一種鳥，頭小尾短，羽毛赤褐色，有黃白色條紋，牠的唾液相傳能殺死奇異的昆蟲，但會令使用者有渾身灼熱的感覺。）	E10

E11-14 毛筆付喪神

表象	毛筆陪伴萬物醫的家族很久，一直流傳下來，著任可哲正式獨立執業之後，就開筆來用。但是無論任可哲開幾多墨，用盡全力點，原本黑色的墨水與毛筆頭接觸之後，就變成了透明。任可哲一直都無法進入毛筆付喪神的結界，直至江可死的那晚，他回到家後發現毛筆在震動，才終於成功進入結界。	E11

結界	沒有光線、沒有聲音、沒有質感。只有「沒有」這種感覺存在。在一片虛無的漆黑之中，任可哲甚至不知道哪方才是前、哪邊才算是後。分辨不到閉上眼和睜大眼的分別。	E13
付喪神	只有聲音（是任可哲自己的聲音），沒有本體。	E14
病毒	一種未經記錄的新型病毒，由任可哲而生，以毛筆為媒介滋長，在任可哲初次拿起這支毛筆的時候，毛筆已經感染了病毒。	E14
生病原因	任可哲的生命就是永遠在逃避，自覺萬事萬物都不重要，以此作藉口逃避一切要面對的時機。這樣做雖然可以逃避一切情緒與苦惱，免卻很多痛苦，但只會創造大量遺憾，讓任可哲永遠不可以在生命之書上寫字。	E14
醫治方式	未知	E14

3/ 兩個聖邏各斯紀念中學廣播劇社原創劇本集

【聖邏各斯紀念中學
校園電台廣播劇動物寓言劇場 之 熊人的魔法球】

C：Miss Cheung 飾演旁白

W：徐一鳴 飾演馬騮

B：袁展球 飾演熊人

C：喺呢個世界某一個角落，有一片小森林。呢個森林人傑地靈，而且非常優美。有一日，一隻熊同一隻馬騮，喺一棵樹下面一齊玩緊。

W：喂喂喂！熊人！嗰邊呀嗰邊呀！我哋快啲一齊跟住啲鹿仔同斑馬啦！要去嗰邊呀！

B：吓……馬騮，我唔明喎，嗰邊發生啲咩事呀？做乜我哋要跑過去呀？

W：我頭先問咗隻松鼠呀，原來啱啱天上面有班天使踢緊足球，個足球跌咗落嚟，變咗做一個魔法球呀！依家大家都想要呢個魔法球呀！

B：吓？咁我哋點解要去搵呢個魔法球呀？

W：你有所不知啦！唔係我哋！我係想幫你搵個魔法球返嚟呀！

B：幫我？我唔想要呢個魔法球喎……

W：你會想要㗎！你之前咪同我講你鍾意咗森林入邊一隻白兔仔嘅！

B：係呀……我係鍾意佢呀，咁關咩事呀？

W：你知唔知呀！兔仔係唔會鍾意熊人㗎……兔仔淨係會鍾意兔仔㗎咋……

B：吓？真係嘅咩？

W：咁梗係啦！而呢個魔法球！就係有可以令到你變成你想成為嘅動物嘅能力呀！

B：真係咁犀利？！

W：係呀！所以如果你能夠將呢個魔法球拎番嚟，將自己變成兔仔！咁你就可以同你鍾意嘅兔仔喺埋一齊啦！依家我哋快啲去搵啦！

C：就係咁，熱心幫朋友嘅馬騮，就帶住呢隻熊人四圍去搵魔法球嘞。馬騮仔知道除咗佢之外，冇乜人了解其實熊人一啲都唔殘暴，而且非常善良，於是佢諗咗條計仔。佢叫熊人行埋啲動物身邊，嚇走其他動物，而佢就用自己靈活嘅身手喺樹同樹之間爬來爬去，一路搵一路搵，嚟到夜晚黑真係畀佢哋搵到魔法球呀！

W：成功啦！我哋搵到啦！

B：哇！呢個魔法球七彩繽紛真係好靚呀！

W：好朋友！多謝你一直都陪我玩呀！我將呢個魔法球送畀你，希望你可以快啲變成兔仔，同你鍾意嘅兔仔拍拖啦！

B：哦……好！

W：呢度呀，呢度呀！快啲啦！

B：欸……只不過……

W：做咩事呀？做咩咁苦惱呀？

B：我諗諗吓……我都係唔想用呢個魔法啦！

W：吓？點解呀？

B：因為我覺得……我做熊人，好似頭先咁可以嚇走其他動物，先至可以好好保護我嘅白兔仔呀！就算我個樣係一隻殘暴嘅熊人，我相信只要心地善良，都可以打動到我鍾意嘅白兔仔㗎！我想之後落嚟，用好多好多時間，好好保護我嘅白兔仔，畀佢坐喺我膊頭上面，望吓更加廣闊嘅風景，幫佢搵好好味嘅食物，帶佢去好高好高嘅山峰！呢樣嘢，只有我係熊人先做到！我嘅白兔仔，請問你願唔願意……畀我保護呀？

W：吓……咁你隻白兔仔叫咩名呀？

B：我隻白兔仔叫做……叫……叫……姚詠藍呀！姚詠藍！我係熊人袁展球呀！我有啲鍾意你呀！！！

【聖邏各斯紀念中學廣播劇社呈獻 動物寓言劇場 2】

N：王浩聲 飾演旁白
W：徐一鳴 飾演馬騮
B：袁展球 飾演熊人
L：姚詠藍 飾演白兔
T：梁芳橋 飾演神仙

N：喺地球附近一個冇人留意到嘅小星球，天上嘅神仙因為覺得好悶，決定創造一個小小嘅森林世界。呢個星球本身冇生物，神仙揀選咗自己喜歡嘅一班動物，將佢哋放咗入個森林，賦予佢哋好似人類一樣有情緒、感情同有溝通嘅能力，而且佢哋相處和諧，唔會互相廝殺。呢度分別有兔仔、熊人同馬騮。

　　雖然佢哋有情緒、感情同溝通嘅能力，但係佢哋啱啱出世，對於呢啲嘢，感覺都係非常陌生。於是神仙親自光臨呢個星球，打算教曉呢幾隻動物，情緒同感情究竟係乜嘢一回事。學識咗呢兩樣嘢，佢哋自自然然就會識得溝通。神仙首先一人畀咗一塊曲奇餅佢哋。

W：嘩！好好味道啊！
B：咬落去好甜好香呀！
L：我好鍾意呀！
T：請問你哋而家有啲乜嘢感覺？
L：欸……我覺得自己有啲想笑，而且想蹦蹦跳！
W：我想爬樹！
B：我想四圍跑！
T：冇錯！記住呢種感覺，呢種感覺就叫做開心同興奮。

L：係！知道！

T：好啦！咁我而家就話畀你哋知啦喎！呢塊曲奇餅，你
　哋已經食完啦！永遠都唔會再有曲奇餅食啦！

B：吓？真係㗎？

W：但係我好想食多塊喎！求吓你啦神仙大人！

L：我好想試多次呢種味道啊⋯⋯

T：但係真係冇機會啦⋯⋯咁你哋有啲咩感覺吖？

L：我想皺眉頭呀⋯⋯

W：我對眼有啲嗱住嗱住咁⋯⋯啊！有啲水滴出嚟嘅！

B：我唔想講嘢啦⋯⋯

T：冇錯！咁你哋記住呢種感覺！呢種感覺就叫做傷心！

N：幾隻動物透過一塊曲奇餅，跟住神仙大人嘅指引，慢
　慢慢慢，就學識咗感受開心、傷心、憤怒、痛苦、快
　樂、幸福等等嘅情緒。神仙覺得一切順利，就離開咗。
　過咗幾個月，森林都相安無事，於是神仙就下凡，監
　察下佢哋嘅情況。

T：點啊馬騮仔，你哋一切順利嗎？

W：我哋過得好好呀！我已經識得分辨自己究竟係開心定
　唔開心，係興奮定係激氣喇～我真係好叻呀！

T：嗱，你呢種就叫做驕傲喇。

W：嘻嘻，多謝神仙大人教導！吖！只不過呢！熊人同埋
　兔仔呢，好似發生咗啲奇怪嘅情況呀！我唔係好識分
　佢哋究竟係開心定唔開心呀！

T：吓？咁奇怪？等我睇吓～

N：馬騮帶咗神仙去搵熊人同兔仔，發現佢哋嘅相處真係
　變得非常古怪。佢哋喺同一片草地上面，唔係好傾偈，

停留咗喺一種想向對方行近，但係又行番遠，來來回回嘅狀態。

神仙觀察到熊人會間唔中喺河邊拎啲水畀兔仔飲，但係佢又唔出聲，望住兔仔飲完水，又慢慢行番開。兔仔面紅紅，講咗一句唔該。

W：嗱～神仙大人！你睇吓佢哋，我覺得佢哋又唔似係唔開心，但係又唔似係好開心，佢哋又唔似係鬧咗交，又唔似係討厭對方……但係……又唔似我同佢哋咁，可以好開心咁傾偈，點解呢？

T：我大概都知道發生咩事啦。等我依家去指引下佢哋啦。

T：熊人熊人，你過一過嚟吖～

B：吖，神仙大人，你好～

T：我想問吓你呢，你依家每逢見到兔仔，有啲乜嘢感覺呀？

B：吓……點解咁問嘅……

T：你分享吓畀我知先啦～

B：我覺得……有種心跳加速嘅感覺……有種好想同佢講嘢……但係又好似唔敢講咁……（喂乜嘢稿嚟㗎……）

T：（跟住個稿讀呀如果唔係會畀老師鬧㗎！）哦，原來係咁！好啦兔仔兔仔！你過一過嚟啊！

L：吓……做咩事呀……

T：你見到熊人……呢排有咩感覺呀？

L：吓…………我……

T：有咩感覺呀？

L：我……我……

T：（跟稿呀搖籃！）

L：我……有種心跳加速嘅感覺……有種好想同佢講

嘢⋯⋯但係又好似唔敢講咁⋯⋯

B：然後⋯⋯如果⋯⋯我食到好食嘅果實，會好想拎畀
　　佢⋯⋯聽到馬騮講好笑嘅笑話，我會好想講畀佢知，
　　好想引佢笑⋯⋯見到佢笑⋯⋯我又會好開心⋯⋯上次
　　見到佢跌親，我想即刻衝過去⋯⋯想唱歌嘅時候，淨
　　係想唱畀佢聽⋯⋯

L：你⋯⋯我⋯⋯

T：嗯。咁我明白啦。我知道你哋發生咩事啦。

W：係咩事呀？我好想知呀神仙大人！

T：咁你自己話畀人知啦，圓波！

B：吓⋯⋯吓⋯⋯冇稿喇喎⋯⋯真係冇稿喇喎⋯⋯

L：係囉，故事完結故事完結！

T：未完結呀！

W：咪係囉！趁 Miss Cheung 未過嚟，快啲講咗佢啦！
　　快啲啦！

T：快啲啦！搖籃都想聽㗎！可！

L：吓⋯⋯我⋯⋯

T：嗱！如果你唔想聽！依家就講「唔好」！

L：我⋯⋯即係⋯⋯但係⋯⋯

T：快啲啦圓波！

B：我鍾意你呀！！姚詠藍！！！拖住我好唔好呀！

W：好唔好呀！快啲答佢！

T：快啲快啲！

N：快少少啦學生會會長，冇時間啦，唔該⋯⋯

L：啊！怕咗你哋呀！好呀！！

T：好嘢！故事完結！自此之後熊人同埋兔仔就喺森林開
　　開心心咁生活落去！

W：吓？咁馬騮呢？

N：死咗啦。

4/ 畢業前同學們寫給陳學彤的紀念冊

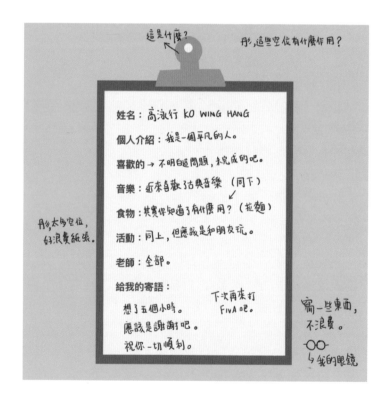

這是什麼？

彤，這些空位有什麼作用？

姓名：高泳行 KO WING HANG

個人介紹：我是一個平凡的人。

喜歡的 → 不明白這問題，未完成的吧。

音樂：近來喜歡了古典音樂（同下）

食物：其實你知道了有什麼用？（拉麵）

活動：同上，但應該是和朋友玩。

老師：全部。

給我的寄語：

　　想了五個小時。

　　應該是謝謝吧。

　　祝你一切順利。

下次再來打
FIVA吧。

彤太多空位，
好浪費紙張。

寫一些東西，
不浪費。

↳我的眼鏡

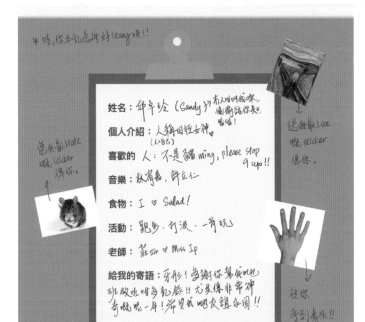

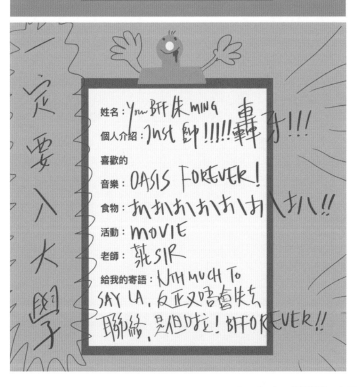

5/ 宇宙角色關係圖

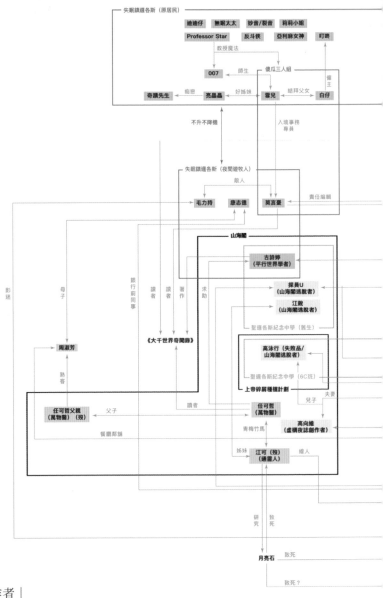

製作者 |
五蚊 @fivedollars_draw

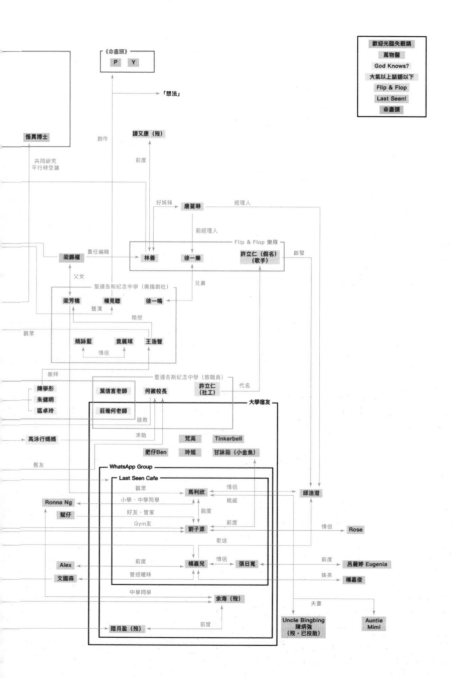

Part 5

插圖集

失眠鎮快樂公園聚會

擠迫的失眠鎮大合照

見習記者 007
與莉莉小姐

反斗俠初登場

與叮咚一起變成妖精的
傻瓜三人組

雪兒與雪兒聖誕布偶

星球草祭禮盒

角色蛋型合照

第一集的莫言憂與雪兒

Have a sweet rubbish Xmas

張日寬與楊嘉兒
——聖誕節的情侶

第七季——時鼠真身

烏狐的聖誕節

燈柱下的余海

當朋友們都是動物

夢貘世界的朋友們

余海聖誕燈飾

被吊起來的烏狐

記一次宿營

一片余海

烏狐的祝福

學寫字的烏狐

迷狐大師賞花

迷糊大師準備吃飯

烏狐初登場

Last Seen! 宣傳第一稿

回憶的房間

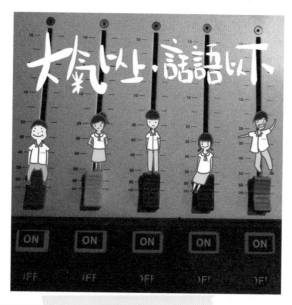

廣播劇社五人組

楊見聰的洗手盆

萬物醫任可哲

GOD KNOWS? 前導預告

Part 6

同人作品集

廣播劇：GOD KNOWS?
作品：《神奇的彎曲叉叉》
作者：組織成員 D
IG 帳號：l.terence.903

廣播劇：GOD KNOWS?
作品：《陳學彤與高泳行畢業了》
作者：五蚊
IG 帳號：fivedollars_draw

廣播劇：Last Seen!
作品：《Last seen!》
作者：貓王
IG 帳號：maronlau

廣播劇：Last Seen!
作品：《擠壓的烏狐》
作者：貓王
IG 帳號：maronlau

廣播劇：Last Seen!
作品：《烏狐彈彈波教學》
作者：貓王
IG 帳號：maronlau

廣播劇：Last Seen!
作品：《三十之前》
作者：貓王
IG 帳號：maronlau

廣播劇：Last Seen!
品：《夏祭的抉擇》
者：sli_theworld
帳號：sli_theworld

廣播劇：歡迎光臨失眠鎮
作品：《不升不降機》
作者：Siuyeah 小野孩子
IG 帳號：siuyeah_draw

廣播劇：歡迎光臨失眠鎮
作品：《雪兒與冬甩》
作者：Siuyeah 小野孩子
IG 帳號：siuyeah_draw

廣播劇：歡迎光臨失眠鎮
作品：《暴走 Didisan》
作者：Siuyeah 小野孩子
IG 帳號：siuyeah_draw

播劇：歡迎光臨失眠鎮
品：《邏各斯星球草祭》
者：Siuyeah 小野孩子
帳號：siuyeah_draw

廣播劇：歡迎光臨失眠鎮
作品：《傻瓜三人組》
作者：Siuyeah 小野孩子
IG 帳號：siuyeah_draw

廣播劇：歡迎光臨失眠鎮
作品：《亮晶晶經典對白》
作者：Siuyeah 小野孩子
IG 帳號：siuyeah_draw

廣播劇：歡迎光臨失眠鎮
作品：《失眠的莫言憂》
作者：Siuyeah 小野孩子
IG 帳號：siuyeah_draw

廣播劇：歡迎光臨失眠鎮
作品：《007 的冬甩車》
作者：Siuyeah 小野孩子
IG 帳號：siuyeah_draw

廣播劇：歡迎光臨失眠鎮
作品：《星星奶製作教程》
作者：May X
IG 帳號：mmio.productions
youtube：may.coctails

星星奶

30ml 蝶豆花金酒
20ml 佛手柑利口酒
20ml 紫羅蘭利口酒
20ml 青檸汁
點點星光（可食用閃粉）

枕頭樹汁 1serving：
1.5oz 桃子伏特加
0.5oz 黃查特
1oz 接骨木利口酒
1oz 檸檬汁
1/3oz 抹茶糖漿
1 勺抹茶粉

2 servings per bottle

枕頭樹汁

45ml 桃子橙花伏特加
15ml 黃查特
30ml 接骨木花利口酒
30ml 檸檬汁
10ml 抹茶糖漿
一小勺抹茶粉

廣播劇：歡迎光臨失眠鎮
作品：《枕頭樹汁製作教程》
作者：May X
IG 帳號：mmio.productions
youtube：may.coctails

廣播劇：Last Seen!
作品：《丟！》
作者：Kiw
IG 帳號：wuwulifeee

廣播劇：Last Seen!
作品：《日寬喲喲喲》
作者：saymypast
IG 帳號：saymypast

廣播劇：Last Seen!
作品：《日寬玩電話》
作者：saymypast
IG 帳號：saymypast

廣播劇：Last Seen!
作品：《烏狐砌彈彈波》
作者：saymypast
IG 帳號：saymypast

廣播劇：Last Seen!
作品：《禮物烏狐》
作者：saymypast
IG 帳號：saymypast

廣播劇：Last Seen!
作品：《群像》
作者：saymypast
IG 帳號：saymypast

白仔，我今晚去交信俾莫言憂啦～

好呀好呀
又有新朋友啦！

廣播劇：歡迎光臨失眠鎮
作品：《【歡迎光臨失眠鎮】
第一季第一集之前一夜》
作者：Joanne
IG 帳號：／

呢個係莫言憂收到失眠鎮
邀請信前一晚嘅情境，有
興奮嘅雪兒同飲緊星星奶
嘅白仔，背景係邏各斯小
鎮大街。白仔同雪兒係半
製成陶瓷品，稍後將上釉
面世。

廣播劇：Last Seen!
作品：《余海肖像刺繡》
作者：KiKi
IG 帳號：typinglong_dorando

播劇：／
品：《廣播劇配方失眠藥丸套裝》
者：KiKi
帳號：typinglong_dorandom

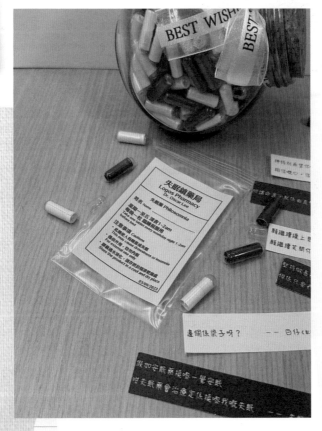

廣播劇：Last Seen!
作品：《余海的房間》
作者：VB
IG 帳號：vxpwork

廣播劇：Last Seen!
作品：《張日寬的房間》
作者：VB
IG 帳號：vxpwork

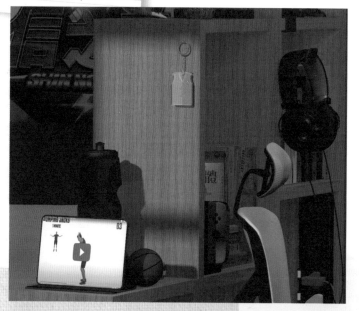

廣播劇：Last Seen!
作品：《馬利欣的房間》
作者：VB
IG 帳號：vxpwork

廣播劇：Last Seen!
作品：《楊嘉兒的房間》
作者：VB
IG 帳號：vxpwork

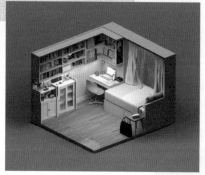

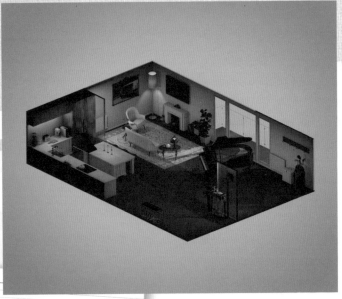

廣播劇：Last Seen!
作品：《劉子源的房間》
作者：VB
IG 帳號：vxpwork

廣播劇：Last Seen!
作品：《Last Seen! Cafe》
作者：VB
IG 帳號：vxpwork

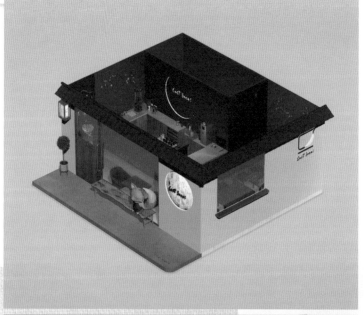

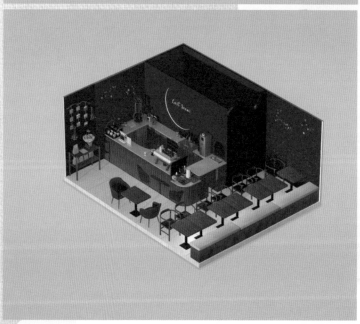

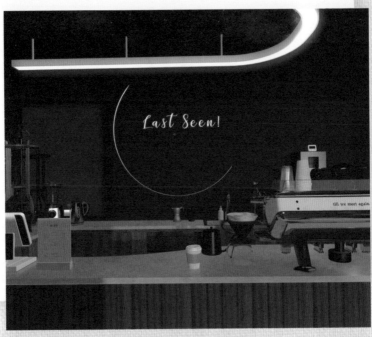

書　　名：山海之間——失眠藥廣播劇宇宙設定集
作　　者：Oscar 李文曦
協　　力：資料整合委員會（五蚊、Joanne、Judy、Kiki）

出 版 社：亮光文化有限公司
　　　　　Enlighten & Fish Ltd
社　　長：林慶儀
編　　輯：亮光文化編輯部
設　　計：亮光文化設計部
地　　址：新界火炭坳背灣街61-63號
　　　　　盈力工業中心5樓10室
電　　話：(852) 3621 0077
傳　　真：(852) 3621 0277
電　　郵：info@enlightenfish.com.hk
亮 創 店：www.signer.com.hk
面　　書：www.facebook.com/enlightenfish

2024年7月初版

I S B N　978-988-8884-05-6
定　　價：港幣$168

法律顧問：鄭德燕律師

商台統籌：古善群
商台製作有限公司
香港九龍廣播道3號
電　　話：(852) 2336-5111
傳　　真：(852) 2338-9514

  授權出版